俵万智の子育て歌集

たんぽぽの日々

俵万智・著　市橋織江・写真

もくじ

本書は、『エデュー』二〇〇七年四月号～二〇〇九年九月号の連載に一部修正を加えたものです。

1章

たんぽぽの日々

機嫌のいい母でありたし
無農薬リンゴひとかけ摺りおろす朝

離乳食を作っていたころの歌だから、もう三年近く前のことだ。けれど、この「機嫌のいい母でありたし」という思いは、今も変わらない。いや、変わらないどころか、日々強くなっている。子どもの環境を考えるとき、大事なことはさまざまあるだろうけれど、「おかあさんの機嫌がいい」というのが、一番ではないだろうか。

ものすごくシンプルで、簡単そうなことだが、環境としての「機嫌のいいおかあさん」を維持するのは、実はとても大変だ。自慢ではないが、私は人一倍気が長く、まあめったなことでは人間関係のトラブルも起こさず、ちょっとやそっとでは腹を立てないという性格だ。

それでも、子どもを相手にしていると、ついつい怒鳴ったり、恐い顔をしてしまう。「だめだめだめ！」と日に何度、声を荒らげることだろう。

もちろん、生命に関わるような危険なことからは、声を荒らげてでも守ってやらねばならないし、人としての基本のルールやマナーを身につけるためには、厳しく叱ることも必要だ。が、そういう場面でなくても、なんだかイライラしてしまうことがある。

イライラ＝《イコール》不機嫌の原因は、子どもが自分の思うようにやってくれない、ということが多い。急いでいるのに、なんだかんだと遊びながら道を歩かれたりすると、「んもう～早くしてよ！」となる。が、よく考えてみれば、自分にも「散歩」の気持ちがあれば、ここは機嫌よく歩ける場面なのだ。

電信柱があれば棒でたたき、郵便ポストがあれば手をつっこみ、横断歩道があれば白い線の数を数えてみたくなる。こういうことに根気よくつきあって待つということが、特別何かをしてやるよりも、大事なのだという気がする。

吐られて泣いてわめいてふんばって
それでも母に子はしがみつく

子どもにとって、ある意味自分は全世界に近いぐらいの存在なんだな、と思うのは、この歌のようなときだ。母が世界の一部にすぎないのなら、叱られて泣いてわめいてそこを離れればいいのだが。子どもは、そうはできない。この母にもう一度機嫌よく

なってもらわないことには、世界は再開されない、というぐらいの思いがあるのだろう。

時々、私より小さな子どもを持つ友人から、相談を受けることがある。「母乳でがんばりたいのに、なかなか出ない。もっと努力すべきかしら？」「保育園に預けるかどうか、迷っている」。

誰にでもあてはまる正解なんてないけれど、少なくとも私はこうアドバイスする。「あなたが機嫌のいいママでいられることを、最優先するのがいいんじゃない」と。それは、自分本位になれということではなく、子ども本位に考えて、のこと。イライラしながら母乳を出しているお母さんより、多少栄養的には劣っても、機嫌よくミルクをくれるお母さんのほうがいい、と思う。

子どものことを思うあまり、機嫌が悪くなるというパターンもある。以前、本屋さんの児童書のコーナーで、すこぶる機嫌の悪いお母さんを目撃したことがある。「どうしてあなたは、こういう付録のついた本ばかり選ぶの。本はオモチャじゃないのよっ！」

結局子どもは、お母さんの顔色をうかがって、優良そうな物語の本を選んでいた。「いい本に出会わせてやりたい。しかも自主的にそれを選ばせたい」という思いが、前のめりになった結果だろう。そもそもは、子どもへの愛情から生まれた強い思い。そこが切ないのだが、本とのいい出会いとは言い難い場面だった。

このように人のことはよくわかるのだが、自分と子どもとの関係では、似たようなことをしてしまいがちだ。日々反省しつつも、「機嫌のいい母であること」は、自分の中心にある指針だ。それは子どもがどんなに大きくなっても、変わらないだろうと思う。

たんぽぽの綿毛を吹いて見せてやる
いつかおまえも飛んでゆくから

息子との散歩コースのひとつに、隅田川ぞいの公園があった。広々とした緑の斜面があって、春にはたんぽぽ、夏にはバッタ、秋には小犬のしっぽのようになったエノコログサ……。ささやかではあるが、都会のなかに残された自然を、感じさせてくれる場所だった。

たんぽぽが綿毛になると、ふうっと吹いて見せてやるのが楽しみだった。はじめは、何がおきたのか、わからないという顔をしていた。まあるい白いものが、突然ばらばらになって飛んでゆくのだから。

そのうち、自分でもやってみたくなったようで、息子はふうふうとかわいい息をかけていた。だが、その程度の風では、なかなかうまく飛ばない。しまいにはぶんぶん振り回したり、手で綿毛をつかんで、投げたりしていた。

たんぽぽの綿毛は、たんぽぽの子どもたちだ。地面に根をはっている母親は、子どもたちのこれからを、見とどけてやることはできない。ただ、風に祈るばかり。

たんぽぽの母さん、せつないだろうなあ——そんなことを春の斜面で思うようになったのも、自分が子どもを持ってからのことだ。そしてまた、「見とどけられない」という点では、実はたんぽぽも自分も同じである。

いつかは、この子も、この綿毛のように飛んでゆく。そう思いながら吹いていると、それはもうただの遊びではなく、息子と自分の時間が限られたものであることを、切実に感じるひとときとなった。ほら、あの子はもう、あんなに遠く。ほら、この子は、こんなところでひっかかって。

息子と一緒にいられる時間を、だから私は「たんぽぽの日々」と感じている。綿毛になって飛んでいったらもう、あとはただ、風に祈るばかり。

自分の時間ほしくないかと問われれば
自分の時間をこの子と過ごす

子どもが生まれてから、よく聞かれたことの一つだ。
「自分の時間がほしくありませんか?」。ママ友も、この言葉を時おり口にした。「自

分の時間がほしいよね」。

正直言って私自身も、「あ～好きなだけ寝たいなあ」とか「ゆっくり本が読みたい」「芝居を見にいきたい」「外でお酒を飲みたい」などなど、子どもがいては難しいことを、したいと思うことは多々あった。

が、もし悪魔が取引にやってきて「そういう時間をいやというほどあげますから、あなたの子どもをください」と言ったら、答えは即座にNOだろう。

つまり自分は、自分の時間のつかいみちとして、子どもと過ごすことを、この人生で選んでいる。しかもそれは無限に続くものではなく、「たんぽぽの日々」なのだ。

そんなふうに発想を変えるようにした時から、ずいぶん楽になったような気がする。「自分の時間」という宝物があって、それを子どもに奪われていると考えたら、つらくなるばかりだ。むしろ、なんてことない自分の時間を、宝物に変えてくれるのが、子どもではないだろうか。

自分の時間がほしいという発想は、どちらかというと仕事をしていないお母さんに多いような気がした。自己実現、という言葉もよく耳にする。でもね、と私は、相手が親しい友人ならこう言ってきた。

「私は仕事をしていて、それはやりがいのあることだけれど、仕事には、いくらでも代わりをしてくれる人がいる。でも子どもにとっての母親は、世界中で自分だけ。代わりの人がいない、自分にしかできないっていう意味では、これこそ、すごい自己実現だと思うんだ」

子どもとの時間が、そういう意味合いを持てるのも、たんぽぽの日々ならではのこと。やがて一人一人、子どもは自分自身の自己実現に向かって、飛んでゆくのだから。

あの赤い花がつつじで
この白い花もつつじと呼べる不思議さ

「あのおはなは、 なあに?」

「つつじっていうんだよ」

「このおはなは?」

「これも、 つつじだよ」

子どもに教えながら、自分自身が一瞬、とても奇妙な感覚に見舞われた。だって、「あのおはな」は燃えるようなピンク色だし、「このおはな」は雪のような白なのだ。目にしている姿がこんなに違うのに、両方とも「つつじ」だなんて。子どもにすれば、「あかいはな」「しろいはな」のままのほうが、よほどわかりやすいのではないだろうか。

逆にそれまでの自分は、その両方をつつじと呼ぶことに、なんの不思議さも感じていなかった。こういう不思議さを持てなくなることが、大人になるということなのだろう。そして、こういう不思議さに再びめぐりあえるということが、子どもと過ごす時間の醍醐味《だいごみ》なのだ、という気がする。

もう一度、自分のなかに「子どもの目」が宿る。その目で世界を見る。それは、とても新鮮なことだ。

子どもと初めて読んだ絵本のなかに「いぬ わんわんわん」というページがあった。このひらべったい、紺色の「いぬ」と、毎朝散歩で出会うゴールデンレトリバーの「ゴーちゃん」が、同じ「いぬ」というのも、なんだか不思議な気がした。

平面に線で描かれた絵と、ふさふさした毛を生やしてまとわりついてくる大きな生き物と。両者を同じ「いぬ」と認識するというのは、実はすごく難しいことではないだろうか。まっさらな目で見たら、どう考えても同じ種類のものには見えないのでは？そう思ってはらはらしていたが、案外簡単に、子どもはそのハードルを越えていった。うわあ、人間ってすごい、と感じた。

私は脳の専門家ではないので、勝手な想像でしかないが、この似ても似つかない二つのものを、「同じ」と思えるのは、やはり「いぬ」という言葉のおかげではないかと思う。

みかん一つに言葉こんなにあふれおり
かわ・たね・あまい・しる・いいにおい

みかんの皮をむきながら、ふさから実を出して小さな口にいれてやりながら、ささやかなおしゃべりを楽しんでいた。その時ふと思ったことが、そのまま歌になった。これも、子どもから貰《もら》ったまっさらな目のおかげだ、と思う。

「これは、かわ。たべられないよ」

「これは、しる。べたべたするねえ」

「あまい？　おいしい？　それとも、すっぱいかな」

「たねは、たべられないよ」

「いいにおいだねえ」

実にたくさんの言葉が、この小さな果物には詰まっている。手ざわりや色、かたちなども含めれば、まだまだたくさんの言葉がとび出してくる。

「ざらざら」「すべすべ」「じゅくじゅく」「まる」「まっすぐ」「オレンジいろ」「しろ」「ひとつ」「ふたつ」「うえ」「した」「そと」「なか」「ふさ」「つぶ」……。

子どもが、初めて意味のある言葉を口にした時のことは、忘れられない。ある夏の朝だった。散歩から帰って、いつものように「パンたべようね」と言いながらトースターに私が手をかけたとき、「ぱん！　ぱん！」と嬉《うれ》しそうに叫んだ。

毎朝聞いていた「パン」という音と、目の前にある四角いふわふわの食べ物。この二つが、何かぴかっと電球がつくように、結びついたのだろう。ヘレンケラーのかの有名な「ウォーター！」のシーンを思い出した。あの感動的な「ウォーター！」を、実は誰もが一度は経験するのだ。それは、言葉とは何かということを、ひらめくように体感する瞬間だ。

この「ぱん！」のシーンは、おそらく息子の記憶には残らない。そんな素晴らしいものを、私は味わい一人じめしている。子育てって、ぜいたくなものだなあと思う。

RとL聞き分けられぬ耳でよし 日本語をまずおまえに贈る

子どもが二歳を過ぎたころ、「英語のRとLが聞き分けられるようになるには、二歳までが勝負」という記事を読んだ。なんだか「あなたのお子さんは、もう手遅れ」と言われたような気がして、動揺した。

生まれたての赤ん坊は、どんな言語でも身につけられる。

あらゆる音を聞き分ける能力があるのだそうだ。それが成長するにしたがって、必要のない能力は、だんだん消滅する。日本語では、RとLを区別する必要はない。したがって、その能力は消えてしまう。

もったいないような気もするが、巻き舌で「Raーメン」と言おうが、舌を上あごにつけて「Laーメン」と言おうが、ラーメンはラーメンだ。それを、いちいち聞き分けるほうが効率が悪い、ということになる。

その記事を読んだころ、私が住んでいたのは東京のど真ん中。驚くべきことに、二歳児といえど、英語を習っていないほうが少数派だった。

もちろん、「親が日本語しか話さないのだから、子どもに身につくはずがない」「英語は、十代のうちに留学して覚えるのが一番」「まずはなんといっても、きちんとした日本語が先」……そういった確固たる考えを持っている人もいた。つまり、かなり意志を持って「習わせない」と考える人以外は、なんとなく習うのが当たり前。そんな雰囲気だった。

私も、やっぱりまず日本語でしょう、と思っていたクチだ。まだ日本語も覚束《おぼつか》ない子どもに、別の新しい言語を教えて、混乱したりしないのだろうか……と懐疑的でもあった。

が、「耳の能力が失われる」などと言われると、子どもにチャンスを与えてやれなかったのでは？　と不安になるのも親心だ。子育ての情報が多いのは基本的にはいいことだと思うが、多いぶん、迷わされ悩まされることもある。

結局自分は、「日本語優先」の気持ちを貫いて、その時点では英語は見送った。掲出歌は、そんな自分の思いを確認し、励ますような気持ちから生まれたものだった。

大阪弁しゃべっていたか
ある日子が「あかん」と言えり樅《もみ》の木の下

やがて子どもは、どんどん日本語を覚え、三歳になるころには、まあ三歳児の暮らしには事欠かない程度の日本語は話せるようになった。

私が知らず知らずつかっていた大阪弁なども、おもしろがって真似をする。「あかん、あかん」「えらいこっちゃ」「やめとき」。

そして英語にも、息子は興味津々《しんしん》。友だちが英語教室に通っていたり、ハーフの子が英語をしゃべったりするので、刺激を受けるらしい。テレビの子ども番組の「えいごであそぼ」も大好きだ。

ある時、本屋さんで、押すと英語が出てくる音声絵本をつかんで放さないということがあった。どうしてもと言うので、ついに根負けして買ってしまった。私のなかには「日本語をまずおまえに贈る」と歌った意地が、まだあったのだが。

そのオモチャのような本で、AからZまでを覚え、ABCの歌も歌えるようになり、今度はDVDが欲しいという。サンプルで送られてきた子どもむけの教材に、夢中なのだ。

「言葉というのは、必要に迫られれば覚えるし、必要に迫られなければ身につかない」とずっと思ってきた。たぶん大人の場合、それは正しいはずだ。が、必要に迫られなくても覚えたいと思うのが子どものようだ。まあ、これで身につくほど甘くはないだろうが、せっかく興味を持っているのに、その芽を摘むことはあるまい……と、だんだん私の態度も軟化してくる。

とうとう、DVDを購入。英語の教材というのは、びっくりするほどノリがよく、楽しくできている。こういうのが子どもを惹《ひ》きつける要素でもあるのだろう。そして先日、息子はこともなげに言った。「このDVDの子どもみたいに、ほんとうのお姉さんとえいごをしたい」。

それって、英語教室？　なしくずし的に、そちらに近づいていく自分が、やや情けない。子どもの興味と、親の方針と。その折りあいについては、習い事に限らず、これからも悩まされるのだろうなと思う。

のど自慢の鐘なら幾つ鳴るだろう
叱りすぎたか甘やかしたか

育児書のたぐいを開くと、「叱《しか》るよりも褒めよ」というのが昨今の主流だ。つい厳しく叱ってしまうと、頭の中で「カーン」と鐘が鳴るような気がする。のど自慢で、一番ランクが低いしるしの、あの鐘の音である。

「大事なのは、叱りかたや褒めかた。ポイントは、行為を対象にすること。けっして人格を叱ったり褒めたりしてはいけません」という記事を読み、なるほどと思って実行していた時があった。

行為と人格というと何やら難しげだが、つまり「こういうことをするのはいけないこと」と叱るのはいいが、「こんなことをして悪い子ね」と言ってはいけない。「悪い子」は、人格の否定になってしまう。褒めるほうも「こういうことをするのはいいこと」が正解で、「こんなことができて、いい子ね」は望ましくない。「いい子ね」は、つい言ってしまう言葉だが、これが繰り返されると「いい子でなくてはならない」というプレッシャーにつながるのだそうだ。

ふむふむと頭では理解しても、実際にはさまざまな場面が日々あるものだから、なかなかうまく言葉が出てこないことも多い。

「ええっと、だから、この場合の行為というのは、要するに砂場でふざけて砂をまきちらしたことであるからして……」と、ある時やっていたら、たまたまそばにいた私の父が、怪訝《けげん》そうな顔をした。

「ダメならダメと、その場ですぐに言わないと、子どもは何を叱られているかわからんぞ」

「いや、だから今、行為と人格を分けてるんだから邪魔しないでよ」

「行為と人格？」

父にその話を伝えると、こんな答えが返ってきた。

「信頼関係があれば、どんなふうに叱っても、人格を否定されたとは思わないんじゃないかな」

記憶にはなき父の顔
シャボン玉吹きつづけおり孫と競いて

信頼関係……父に言われて気づいたが、確かに赤の他人に叱られたら、時と場合にもよるけれど、なかなか素直には受け入れにくいだろう。逆に褒められるのであれば、通りすがりの人でも嬉しいのが人間というもの。

ということは、叱る場面でこそ、日ごろの信頼関係が試される。育児書に書かれていることは正論だろうが、気にしすぎて口がまわらずレロレロしていた自分が恥ずかしくなった。褒めかた叱りかたのコツはあるにしても、それより大事なことが、その手前にあるのだ。

思えば父は、ほとんど叱らない人だった。それは、私が子どものころから今にいたるまで、ずっとそうである。

失恋して、成績が急降下した高校時代。「受験勉強なんてする気がしない」と言うと「じゃあ、アメリカの大学はどうだ？　試験なしで入れるぞ」と言って、ほんとうにアメリカの知人に連絡をとってくれた。そこまでの勇気もない私は、推薦入学という道を選んだのだが、あの時、励まされたり叱られたりしたら、辛《つら》かっただろうなと思う。父が極端な解決法を示すものだから、あわてて現実味のある進路について考えた。あの態度には、本当に救われた。

二十代のある時期、父と二人で暮らしていたこともあったが、みごとに私の生活には口をはさまない人だった。

「今晩は飲み会で遅くなるから、先に寝てて」と電話すると、ほんとうに先に寝ている。こちらは「そうは言っても、もしかして、コワイ顔して起きて待ってるかも」と思い、多少は急いで帰ってきたというのに、拍子抜けである。

「甘いお父さんでラッキーじゃん」という友人もいたが、そこまで信頼されると、かえってハメをはずしにくい。今にして思うと、つまり信頼関係があれば、叱ることすら必要ないというのが、父の子育てだったのかもしれない。

今は、これまた決して叱らない「じいじ」として、私の息子と遊んでくれている。が、私と遊ぶときには、ここまで甘い顔をしていなかったのでは、とも思う。

子を預けもの書く我の指先に
枯葉のような音が生まれる

　専業主婦なら、子どもを預けるのは、ごく限られた時間だろう。外で働く母親なら、保育園の世話になるのが一般的だ。そのどちらでもない自分は、つねに中途半端だった。それゆえ、「子どもを預ける」ということに関しては、試行錯誤もしたし、葛藤《かっとう》もしてきたように思う。

物書きの場合、生活のためにする仕事のほかに、さほどお金にはならなくても、自分がしたくてする仕事がある。その線引きも、実は、すごくはっきりしているわけではない。また、家でできる仕事ではあるが、何時間机の前に座っていれば、必ず何枚書ける、というものでもない。

……とまあ、他にもいろいろ特殊な事情があるのだが、それらがどういうふうに心に作用してくるかというと「今自分がやっていることは、ほんとうに子どもを預けてまでしなくてはならないことなのだろうか」という問いかけだ。それが、常につきまとってくる。

もちろん、仕事に復帰しようという人なら、一度は心に生まれる問いかけではあろう。が、ひとたび決心してしまえば、ある程度気持ちの整理はつくのではないかと思う。それが、家でできる自由業となると、細かい仕事をひとつ受けるたびに、この問いかけに悩まされる。そのうえシッターさんに来てもらうとなると、その時間に自分が稼いでいるぶんよりも、支払うほうが多くなったりもする。なにやってるんだろ、と思わなくもない。

「それでも、大手をふって自分の時間を確保できるんだから、うらやましいわよ」と、専業主婦の友人は言う。「私たちが、『自分の時間』のために子どもを預けるときの後ろめたさったらないわよ～」とも。

「自分の気持ち次第で、時には子どもとの時間を優先させることもできるんでしょ。そういうのを贅沢《ぜいたく》な悩みっていうのよ！」と、外で働く友人は手厳しい。

確かにそうなのだが、その「自分の気持ち次第」というのが、一回ごとに大変なんだけど……と、思いはぐるぐる回るばかりだ。

我よりも年若きベビーシッターに
子は生き生きと抱かれており

結局、ずっと中途半端だったし、今もそうなのだけれど、中途半端であるがために、預けるよさも、預けないよさも味わえたのかもしれない。

シッターさんというのは、子どもの扱いにかけてはプロである。自分より年は若くても、さすがだなあと思うことが何度もあった。

幼稚園に通うようになった息子が、これまで一度もお弁当を残したことがないのは、二歳のころレギュラーで来てもらっていたシッターさんのおかげではないかと思う。私が用意した昼食を子どもと食べるとき、最後はいつも「あつまれ〜あつまれ〜」とおかずさんたち（？）に声をかけていたそうだ。息子は今も「あつまれ〜あつまれ〜」と楽しげにやっている。

遊ぶときの姿勢も、参考になった。「これをして遊んでやろう」と意気込むのではなく、今どんなことに興味があるのかをシッターさんは「待ち」の姿勢で、観察している。その結果、ティッシュ一枚でもひも一本でも、子どもが大喜びするような遊びに発展させることができるのだ。

シッターさんだけでなく、私の両親をはじめ、二人の叔母やいとこまで、とにかく頼れる人には頼りまくってきた。子どものおかげで、自分自身の人間関係も、濃くなったように思う。いろんな大人の目で見てもらうことは、子どもにとっても、プラスだろう。

そして、誰かに預かってもらうことの、最大のメリットは、自分が「やさしいおかあさん」になれることだ。数時間会わないだけで、子どもに対して、ずいぶん心が広くなるのを実感する。

では、預けないほうのよさはというと、これはもう、「子どもとの時間を味わえる」ことにつきる。なんせ仕事場が家なので、子どもの「初めて」を目撃できる率は高かった。初寝返り、初歩き、初おしゃべり……。

が、子どもの行動範囲が広くなり、このごろは見逃しも多い。初回転寿司はじいじと、初映画は叔母と体験して、息子は帰ってきた。中途半端な母が、悔しい思いをするのは、こういうときだ。

2章 夢の木の実

親は子を育ててきたと言うけれど勝手に赤い畑のトマト

教育に関わる審議会で、河合隼雄《かわいはやお》先生とご一緒していた時期があった。毎回、ほんとうに示唆《しさ》に富んだお話をされるので、私は委員の一人というより、聴講生のような気持ちで参加していた。

「教育っていう言葉を我々はつかかっていますが、教えることのほうに比重がかかりすぎてはいませんか。育てることにも、力を注がなくては」

「そして『育てる』というのは、子どもが育つのを手助けするという意味なんです」

四年間だけだが、私も高校で教鞭《きょうべん》をとったことがある。新米教師とはいえ「教える」ことは、まあなんとかできていたように思う（もっとも、教える技術も、きわめようと思えば果てしない）。

が、生徒を「育て」られたか、「育つのを助け」られたか、とふり返ると、はなはだ心許《もと》ない。

担当していた古典でいえば、古典の知識を手渡すことが「教える」だろう。そして、古典の魅力を味わってもらい、生徒がその後の人生で、古典との豊かな時間を過ごせるようにまでなれば「育てた」と言える。だめだ……たぶんそんな生徒は、一人もいなかっただろう。

教師をしていて気になったことの一つは、保護者が、案外簡単に「育てた」「育ててきた」と口にすることだった。

もちろん、おぎゃあと生まれてからこれまで、生活のあらゆる面倒を見てきたわけだから、そう言いたくなるのもわかる。が、その大部分は、生きる糧を「与え」、生きるノウハウを「教えて」きたのだと思う。

子どもが、自分の人生を充実して生きていけるようになるまで、どんな手助けができるだろうか。今、私も一人の親として、自戒しながら自問している。

教え子に教えられてる昼下がり
ベビースリング通販で買う

二十四歳で教師になったので、高校三年生の教え子とは、六歳しか違わなかった。当然、その後の人生、私よりも早くお母さんになった生徒は大勢いる。

子どもが四ヶ月になったころ、モト教え子が二人、先輩ママとして遊びに来た。オモチャのことやベビーカーのことや離乳食のことなど、話題はつきない。

彼女たちは、いまだに私のことを「先生」と呼ぶが、今やこちらのほうが教えてもらう立場である。

「先生、スリングは使わないの？」

「スリング？　なにそれ」

「えーっ、知らないんですか。私なんかスリングなしの生活、考えられなかったです。もう二歳になったから、さすがにこのごろは出番も少ないですけど」

と言いながら、丈夫な風呂敷《ふろしき》のような布をとりだして見せてくれた。肩のところに輪っかがついている。要するにだっこ紐《ひも》の一種のようだ。

「これをこうやって、と」

くるりと体を丸められ、子どもは気持ちよさそうに抱かれている。ミニハンモックといった塩梅《あんばい》だ。横抱きだけでなく、縦に抱いたり、後ろに回してみたりと、自由自在。

「ね、こうして後ろにまわせば、包丁も使えます！」と、目の前でトントンやる仕草まで披露してくれた。

「子どもが小さいときは、とにかくこれでぶらさげて、渋谷でも下北《しもきた》でも行ってました～」と、さすがに言うことが若い。

渋谷や下北に行こうとは思わなかったが、なかなか魅力的なものに思えたので、私も通販で購入することにした。が、これが届いてみると、どうやってもうまくいかない。生来の不器用のせいだとは思うのだが、彼女がやってみせてくれたようには、まったくならない。子どもも泣いて嫌がるので、あっというまに挫折してしまった。

スリングに関しては残念な結果となったが、モト生徒にして先輩ママたちは、その後も何かとよきアドバイスをしてくれる。彼女たちに教えた古典が役立っているかはまるで自信がないが、お返しのように教えてもらっているのだった。

子の友のママが私の友となる
粘土で作るサンタのブーツ

「公園デビュー」などという言葉が喧伝《けんでん》され、「ママ友」とのつきあいというと、とかく気を遣い、難しいモノと思われているような印象がある。「子ども」というただ

一点の共通項だけで出会う人間関係だから、もちろん誰もかれもが気の合う同士……というわけにはいかないだろう。けれど、このたった一つの共通項だけで出会うというところが、私には限りなくおもしろく感じられる。

子どもが同じ年に生まれていなかったら、たぶん言葉を交わすこともなく終わっていた人と、一緒に買い物に行ったり、ゴハンを食べたり、自宅を行き来したりするのである。年齢も、仕事も、これまでの人生も、さまざまな人たち。

こんな「たまたま」の友人、久しく持っていなかったなあと思う。子どものころは、それこそ家が近所とかクラスが一緒とか、そういう理由で友だちだった。それが大人になるにつれ、自分の趣味や嗜好《しこう》で、友人が決まってくる。まあつきあいやすい、同じ傾向の人種が残るわけで、それはそれで快適だ。

けれどたとえば、同じような本ばかり手にとってしまうことと、それはちょっと似ている。本屋さんで待ち合わせをして、たまたまその売り場にあった本を手にとったときの新鮮さ。それが、ママ友にはある。

学校のこととか、どこそこのレストランはおいしいとか、とりあえず「子ども」と「地域」は共通しているので、話題はいくらでもある。おしゃべりって、ストレス解消～！　ということを実感することも多い。若いママのファッションを鑑賞するもよし、二人目、三人目を子育てちゅうのベテランママの話に耳を傾けるもよし。

期間限定ではあるけれど（だから気楽とも言える）子どもが運んできてくれたこの人間関係を、しばらくは楽しみたいなと思う。もちろん、そのなかから長いつきあいになる人に出会えれば、これはこれで儲《もう》けものだ。

連休に来る遊園地
子を持てば典型を生きることの増えゆく

子どもが生まれるまでは、ママ友はもちろん、近所づきあいもほとんどしたことがなかった。気ままな一人暮らしの物書きに、地域との接点など皆無である。

それがこのごろは、町内会の餅つきだの花火大会だのに、顔を出している。とにかく子連れだと、話しかけられる機会が増えるのだ。ちょっとした買い物をした店先で、散歩をしていた公園で、「あら、かわいいわね、ボク何歳かな?」。結果として、顔なじみの人が多くなる。

子どもが幼稚園に行けば行ったで、バザーの準備やら畑の草むしりやらに、駆り出されることも、しばしば。

大変といえば大変だが、「今の私って、社会人っぽい〜」と、ささやかな充実感を味わっていることも事実である。

「そんなあたりまえなこと、なにがどう新鮮なの?」と思われるかもしれない。が、二十年も一人暮らしをしてきた自由業の人間にとっては、そんなことが、決してあたりまえではない……それまでのあたりまえは、週に三度は芝居を観、七度は飲み、月に一度は自宅でワイン会をやり、そのためにリーデルのグラスをボルドー用・ブルゴーニュ用・白用と1ダースずつ揃え、ワインセラーを一杯に……って、そんな「あたりまえ」だった。午後五時解禁の缶ビール二本で満足している今の状況から考えると、信じられない日常だ。

話がお酒のことに片寄ってしまったが、子どものおかげで、ずいぶんと「社会人として、まっとうな私」を味わわせてもらっているような気がする。

休日の過ごし方も、変わった。以前は、自由業ゆえ「世の中が休みの日には、混みそうなところへは行かない」が鉄則だった。それが今では、飛んで火に入る夏の虫、休日に遊園地やら動物園やらに飛びこんでいる。確かに混んではいるけれど、「典型的な休日の親子」をやっている自分も、悪くないなあと思ったりする。自分一人の人生だったら、典型は凡庸と同義だった。それがなぜか、子どもゆえの典型だと、わざわざ味わってみたくなるから不思議である。

母さんはいつもいつでもビリだった
ビリにはビリに見える青空

今年の希望のひとつに、「運動会で走る息子を見たい」というのがある。病弱で去年は出られなかったとか、仕事で見に行けなかった、とかいうのではない。息子は元気そのものだったし、私もはりきって応援に行った。

全員が順番に、四人ずつ走る徒競走。まあ、私の息子だから、はじめから順位は期待していなかった。自慢じゃないが、徒競走でビリでなかったことは一度もない。逆上がりも、もう一生できないままだ。大阪の中学校から、福井へ転校したときなど、体育の先生に呼び出されて、叱られた。

「おまえなあ、都会から来て、ちょっと成績がいいからって、体育の授業をバカにしてるのか。手を抜くにも、ほどがある！」

本人は、いたってマジメに、跳び箱を跳んだり、鉄棒に取り組んだりしていたのだが、ふざけているとしか見えなかったのだろう。福井では、成績のいい子は、なぜか運動も得意で（これは、いまだに私にとっては大きな謎のひとつ）、私のようなタイプはいなかった。だから先生の目には「田舎をナメてる」と映ったのかもしれない。

今にして思うと、ひどい誤解と決めつけで、先生の態度はあまり教育的とは思えない。それでも私は「ほんとうはできるのに、やってないだけと思われた」ということが、妙に新鮮で、にやにやしてしまった。傷つきやすい年頃にしては、意外とタフである。「運動音痴」ということに関しては、小学生のときに、もういやというほど傷ついていたから、少々のことでは、へこたれなかったのかもしれない。

さて、息子であるが、徒競走の行進がはじまると、どういうわけか私のところへ走ってきた。「どうしたの？」と聞くと、走りたくない、と涙ぐんでいる。「行こうよ。もう始まっちゃうよ」と無理に連れて行こうとすると、今度は大泣きだ。結局、なんとか連れ戻したものの「よーい、どん！」とともに、また私のところへ戻ってきてしまった。

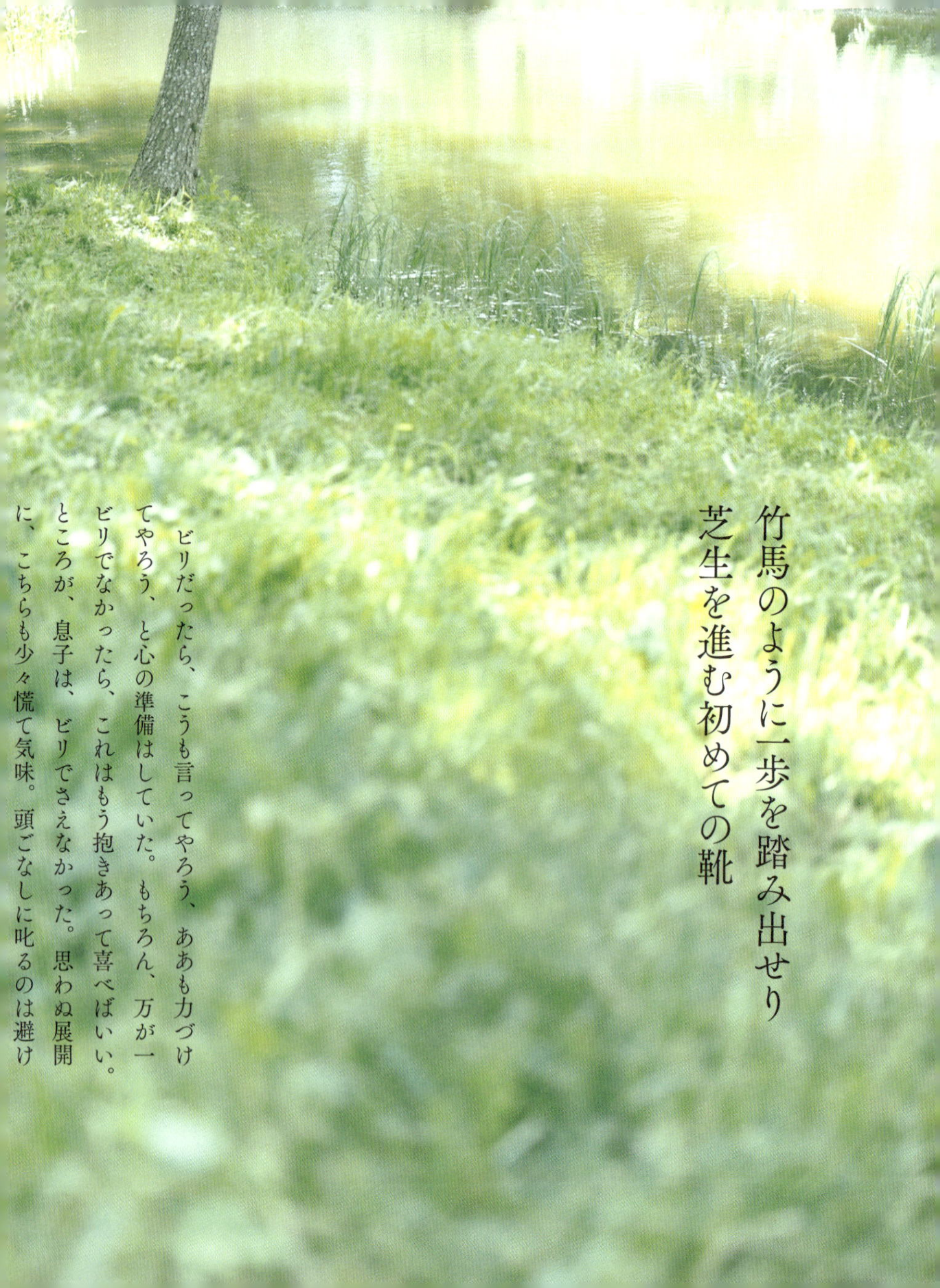

竹馬のように一歩を踏み出せり
芝生を進む初めての靴

　ビリだったら、こうも言ってやろう、ああも力づけてやろう、と心の準備はしていた。もちろん、万が一ビリでなかったら、これはもう抱きあって喜べばいい。ところが、息子は、ビリでさえなかった。思わぬ展開に、こちらも少々慌て気味。頭ごなしに叱るのは避けたいが、ではなんと言い聞かせればよいのか。とりあえず、気持ちを聞くことに徹してみる。要約すると、こういうことのようだ。

「一番になってみたいけど（たぶんそれは無理で）ビリだったらはずかしいから、走りたくない」

事前に、「おかあさんなんか、いっつもビリだったよ〜」と言っていたのが、悪いほうへ作用してしまったらしい。

「でもね、走らなかったら、一番にもなれないし、ビリにもなれないよ」

「おかあさんは、一番になるところを見たいんじゃないよ。走っているところを見たかったんだよ」

とりあえず、そんなふうに話してみた。徒競走が終わってしまうと、あとはケロっとして、お遊戯や玉入れを楽しそうにやっている。切り替えができないのは親のほうで、この一件は、かなりこたえた。

ビリでも、飛行機の真似なんかして、嬉しそうに走っている子もいた。あんなふうに天真爛漫《らんまん》でいてくれたら、とも思うのだが、性格の違いなのだろう。そんな小さな心を痛めて、そんな小さな脳みそで考えて、と思うと、なんだか切なくなる。

「一番になりたいけどなれない」ことより「参加しないで逃げだす」ことのほうが恥ずかしいんだということを、たぶんこれから、知る時期がくるのだと思う。その時にもう一度伝えよう。「走っているところが見たいんだよ」と。そう思ったらなぜか、息子が初めて外を歩いた日の光景が、蘇《よみがえ》ってきた。

スーパーに特売の水並びおり
子は買うものとして水を見る

自分の子ども時代の常識と、今の子どもたちの常識、ずいぶん違うなあと思うことが多い。水も、その一つだ。

二十代で、初めてヨーロッパに旅行したときは、喫茶店でもレストランでも、水が「飲み物として売られている」ということに驚いた。「日本人なら、ガスなしの水を頼むほうが無難だ」と教えられたけど、炭酸水のほうが、まだ付加価値がついているような気がして、私はガス入りのほうを頑《かたく》なに飲んでいた。それぐらい、「なんでもない水」にお金を払うことに抵抗があったんだなあと、今では懐かしく思い出す。

浄水器は当然つけているけれど、普通に飲むならペットボトルの水、というのが当たり前になってしまった昨今。息子はもちろん、ものごころついた時から、飲み水といえば冷蔵庫の中のペットボトルだと思っている。

しかしお金を出して水を買うということは、はたして豊かなのだろうか。水道の水、いやもっと昔なら川の水や井戸の水（私の母が子どものころは、井戸の水を飲んでいたらしい）が飲めるということは、それだけキレイな水に囲まれた暮らしということだ。そのうち「えっ、昔は空気ってタダだったの?」なんていう日がくるのかもしれない。スーパーの棚には「六甲のおいしい空気」「南アルプス天然空気」……。笑い話のようだけれど、百年前の日本人が、今のスーパーの棚を見たら、それぐらいの驚きが、あるかもしれない。

なんでも買える便利な時代は、なんでも買わねばならない不便な時代でもある。私自身は、その便利さを享受しつつ、ごくごくささやかな抵抗を試みることもある。たとえば、麦茶。これも、買うものになりつつあるものの一つだが、私はヤカンで沸かして作っている。そのほうがおいしいし、安上がり。そして、いつか息子が、「えっ、麦茶ってペットボトルで売ってるの?」と思ってくれたら、なんだか嬉しい。

何もかも隠さず書こうと決めてより傷つけあいし交換日記

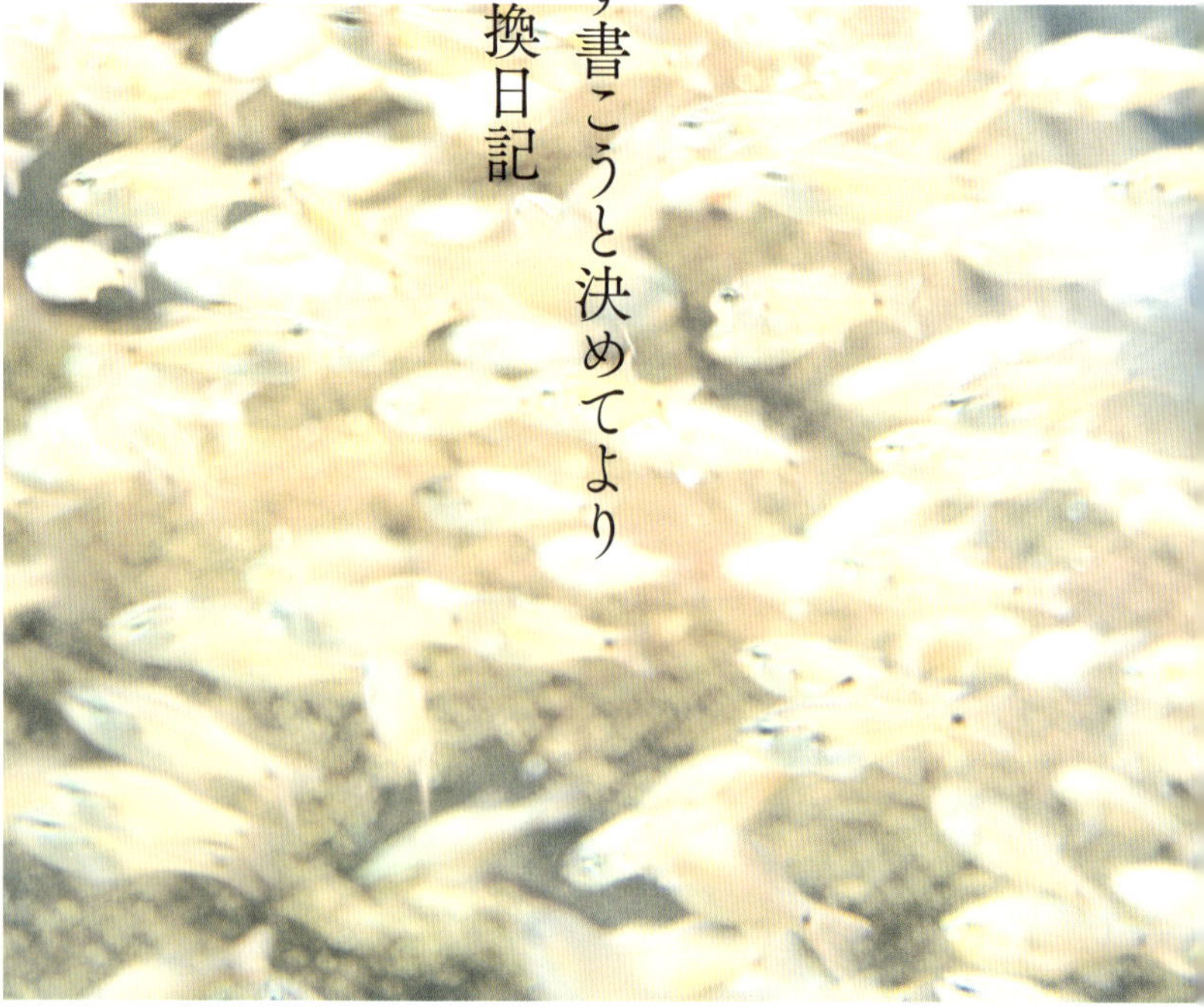

ペットボトルの水だけではない。生まれたときから、パソコンや、携帯電話のある時代を、今の子どもたちは生きている。息子も、私の仕事場で見ているうちに、「クリック」だの「スクロール」だの、マウスの動かしかたを、すっかり覚えてしまった。

最近では、何かあると「グーグルで、けんさくしてみたら」とか「これのホームページ、あるかなあ」などと言う。

コミュニケーションのありかたも、変化してゆくのだろう。たとえば「交換日記」など、もう死語になってしまうのかもしれない。実は、苦い思い出ではあるが、私には忘れられない交換日記がある。

中学一年生のころ、仲良しの女の子四人で始めた。毎日学校で顔を合わせているし、帰り道も、ずっとおしゃべりしている。そういうなかでの交換日記だ。なんとなく四人のあいだで「日記には、口では言えないような、心の中の秘密のようなものを書かなくては」という気分が芽生えた。

面と向かっては言いにくいこと……となると、相手を褒めるよりは、けなすほう、嬉しいことよりは、辛いこと、というようになる。別に、それほど深刻なことでもないのに、書いているうちにエスカレートしてしまうことも多い。最初のうちは、「こんなイヤなことまで言い合える私たちって、本当の意味での親友だよね」というような陶酔感があった。が、誰だって、自分のダメなところを指摘されたり、文句を言われれば、いい気はしない。結論を言えば、友情を育むという意味では、この交換日記は失敗に終わった。

が、書くということの重さを四人は知った。途中からは、「こういうことを書いたら、相手はどう思うか」について、慎重にもなった。

息子たちの世代は、メールやネットの掲示板で、こういう体験をしてゆくのだろうか。だが交換日記と違って、そこには顔の見えない他者が存在することがある。便利だけど、より複雑だなあと思う。

吾大、克二、健一、秀明——それぞれに命名をせし高ぶりを読む

私が教師をしていたころは、高校入試の合格発表は、和紙に墨で名前を書いて張り出していた。書道の先生一人では、四百人以上の名前を書くのは大変なので、国語科

の私なども手伝いをした。

合格者が決まってから書いていたのでは、とうてい間に合わない。なので、志願者全員の名前を、あらかじめ書いておく。で、試験の後、不合格となった子どもの名前を、そっと切り落とすというのが、段取りだった。これは、なんとも気の滅入る作業で、なるべく自分の書いたところから不合格者が出ないようにと思ったものだ。

「あら、かわいい名前ね」「う〜ん、なんと読むのかな」「お、私の弟と同じ名前だ」「この学年にも『子』のつく女の子は少ないなあ」

書きながら、さまざまなことを思う。一度も会ったことのない子どもなのに、名前を墨できちんと書いただけで、なんとなく情が湧くという不思議。切り落としながら、「この子は私立に行くのかなあ」「合格発表の日、ショックだろうなあ」と胸が痛む。これが、たとえば受験番号だったら、こうはならないだろう。切り落とされているのは、ただの記号や数字とは違う何かなのだ。

教師は、まだ顔も知らない生徒と、まず名前で出会う。その時に思うのは、やはりそれぞれの名前をつけた親の気持ちだ。

こんな子になってほしいという思い、親の一字を受け継いでもらおうという気概、姓名判断に凝ったもの、あの人にあやかりたいという願い……。それぞれの名前にある、それぞれのドラマ。

やがて名前と顔が一致するようになると、生徒の個性のほうが前面に出てきて、名前は記号に近くなる。だからこそ初めて生徒の名前を呼ぶときには、命名者の高ぶりを感じながら、その名前を味わいながら、呼びたい、と思った。

リーダーになるのが男の幸せという価値観の命名辞典

自分が親になり、いざ子どもに名前をつけようという段になって、意外と気になったのが「画数」だった。言葉を職業にしている者なのだから、言葉そのものの響きや意味で考えれば充分、とも思ったのだが、「命名辞典」のようなものをずいぶんと手にした。

これには理由がある。私の名前「万智」(本名です)は、祖母がつけてくれたものだが、ものすごく姓名判断に凝ったそうだ。おかげで子どものころ、その手の本をそっと開いて、自分の名前の該当するところをドキドキしながら読んでも、悪いことが書いてあったためしがない。それがけっこう嬉しかったという単純な話。

久しぶりに見た命名辞典だが、女の子の大きな幸せとして「縁談に恵まれる」とか「玉の輿《こし》にのる」などというのがある。「万智」の画数は素晴らしいはずだが、そんなものには恵まれなかったぞと苦笑しつつ、ページをめくった。

いっぽう、男の子の大きな幸せとして「人の上にたつ」「リーダー的存在となる」といった項目がある。これも、「?」だ。陰で人を支える素晴らしい人生だってあるはずだし、リーダーに向かない性格だって、いくらでも選択肢はあるだろう。

ひとことで「画数がよい」と言っても、何をもって「よい人生」とするかは、人それぞれだ。……とは思いつつ、結局、画数もかなりよい感じで、あとは自分なりの価値観を加えて名前を考えるということにした。

名前についての私の価値観を、短歌にするとこんな感じになる。

読みやすく覚えやすくて感じよく平凡すぎず非凡すぎぬ名

これがまた、画数よりも大変でした。

クレヨンの一本一本に名前書くとき四月と思う

カバン、帽子、くつした。クレヨン、ハサミ、粘土ケース。弁当箱、コップ、箸《はし》。歯ブラシ、おてふき、ティッシュ入れ。

息子が幼稚園に入園した年の春、ありとあらゆるものに名前を書きながら「ああ、四月だなあ」と思った。

高校の教員を辞めてから十数年、学校の暦とは無縁に生きてきたものだから、この感じが妙になつかしい。新しいものに名前を書く……そうそう、これこそが春の恒例行事だった。

教員を辞めた年の春のとまどいも、同時に思い出される。

「今月の学校行事」なくなりて我に静かな四月のひかり

定期券を持たぬ暮らしを始めれば持たぬ人また多しと気づく

私の場合、浪人もせず大学に入り、卒業した年の春に教壇に立っていたので、ものごころついた時から、切れ目なく学校にいた。そのリズムが体に染みこんでいたため、しばらくは調子が出なかった。カレンダーが真っ白というのは、案外大変だ。自分の手で、一日の時間割から月間行事まで、決めていかなくてはならない。そうでないと、ただのっぺらぼうな日々になってしまう。

息子が幼稚園に行くようになってからは、夏休みや運動会など、一年のめりはりから、細かい曜日の感覚まで、もう何も考えなくても、体に入ってくるようになった。これを面倒と考えるか、ありがたいと感じるかは、人それぞれだろうが、「白いカレンダーの恐怖（?）」を知っている者としては、実にありがたい。

さきごろ読売文学賞を受賞された岡部《おかべ》桂一郎《けいいちろう》歌集『竹叢《たかむら》』に、こんな歌がある。

定型は人をきびしくするものかしばらく思う　甘えさすもの

短歌の定型に甘えてはいけないという厳しい境地を詠《よ》んだものだ。が、この一首に出会って私は、我が身の四月にひきつけて思った。「そうそう、なにごともカタチがあるってことは、ラクなんだよね」と。

ドラえもんのいないのび太と思うとき
贈りたし君に夢の木の実を

親のほうは、久しぶりに定型のある暮らしを楽しんでいるが、子どものほうは、初めての体験だから大変だ。

スモックを一人で着るという試練　球根のごと子らは黙して

息子は、私に似て人一倍不器用なので、「スモックのボタンを自分ではめられるようになる」というのに、ものすごく時間がかかった。そこから、園での一日がはじまるというのに。

「ドラえもんがいたらいいなあ」と、思うことも多いらしい。

「いくらドラえもんだって、ボタンはめるのは手伝ってくれないんじゃない？　それぐらいは、自分でやろうよ」と言うと、妙に納得した顔をしていたが。

たぶん、これからは、もっともっとドラえもんに助けてもらいたいような場面が、あるだろう。でも、ドラえもんは、来ないのだ。

そんなとき、何が一番の支えになってくれるだろうか。いろんな答えが考えられるが、ひとつは「夢みる力」ではないかと思う。

夢といっても、大きさはさまざま。「上手にボタンをはめられるようになりたい」ということだって、子どもにとっては立派な夢だろう。

「なりたい」と思う力がなくては、「なれるように、がんばろう」と思う力も生まれない。少々うまくいかなくても、「なりたい」と思いつづける力、それが夢みる力だ。

掲出の短歌は、佐佐木信綱《ささきのぶつな》の歌を下敷きにしている。

花さきみのらむは知らずいつくしみ猶《なお》もちいつく夢の木実を

花が咲き、実がなるかは、わからない。けれど夢の木の実を、私は持ちつづける……そんな、夢みる力、夢みる勇気を、この歌は詠んでいる。信綱八十代、晩年の作である。息子にも、いろんな夢の木の実を、持ちつづけてほしい。

3章

はじめての海

ぴったりと抱いてやるなり寝入りばな
ジグソーパズルのピースのように

寝る前の儀式。我が家の場合は、まず本を二冊読み、あかりを暗くして、まだお話が足りないときには「おかあさんぶっく」をする。これは息子の命名で、お話の題を息子が考えて、私が即興で（というか適当に）お話を考えるという遊びだ。

題のパターンは決まっていて「靴下ちゃんと洗濯機ちゃん」とか「にんじんちゃんとじゃがいもちゃん」とか、そういう感じ。お話のほうも、だいたい主人公たちがケンカをしたり、相手をうらやましがったりしたのち、仲よくなるというのが多い。

靴下ちゃんは、いつも汚れていて、ハンカチちゃんやブラウスちゃんと一緒に洗ってもらえないことをひがんでいる。ぶつぶつ文句をいうと、洗濯機ちゃんが「いいなあ、靴下ちゃんは。毎日おそとで遊んでいるんでしょ？　ボクなんか一度もおそとに行ったことがないんだ。だからみんなからお話を聞きながら洗濯をするのが楽しみなんだけど。今度は、幼稚園の外遊びのお話してくれない？」と言ったりする。すると靴下ちゃんは、得意になって、ジャングルジムや砂場の話を始めるのでした……。

「おかあさんぶっく」のいいところは、暗くてもできることと、子どもの様子を見て、話を延ばしたり縮めたりできるところ。ただ、私の場合、つい興に乗って話を盛り上げすぎてしまい、眠くなるどころか目が冴《さ》えてしまうことがある。気をつけなくては。

そしてお話のあとは、まるまった子どもの背中を、背後から抱きしめるようにして、眠りに落ちるのを待つ。お互いが、なんとなくしっくりくる位置というのがあって、ぴたっと決まると、パズルがはまったような気持ちになる。逆に、疲れていてそれがおざなりになると、「もっと、まもるかんじで！」と、子どもからダメだしされてしまう。

暗くても眠くても、そういうことはわかるんだなあと感心する瞬間だ。反省しつつ「まもるかんじ」を心がけている。

抱っことは抱きあうことか
子の肩に顔うずめ子の匂いかぐとき

息子を産んだS国際病院は、国際というだけあって、外国人のママをよく見かけた。
赤ちゃんをあやす様子を見ていると、「ちゅううっ!」と、響きわたるほど大きい音

をたてて、頻繁にキスしている。「お〜そういうふうにするのか」と妙に感心し、恥ずかしながら真似をしているうちに、だんだん楽しくなってきて、今でもわりとよく「ちゅうっ！」とやっている。息子は、どちらかというと「頬《ほお》ずり」のほうが嬉しそうだが。

抱っこをしたり、頬ずりをしたり、というスキンシップは、赤ちゃん時代特有の、コミュニケーションだと思っていた。これは期間限定の楽しみで、話ができるようになれば、だんだん言葉によるコミュニケーションのほうに移っていくのだろう、いつまでもベタベタしてはいられない、と漠然と考えていた。

が、大人顔負けに言葉を操るようになっても、子どもは抱っこが大好きだし、今も頬ずりは、なくてはならないものの一つだ。

叱られて、むくれて、そのあとの「仲直り」は、我が家の場合、必ず頬ずりで終わる。言葉であれこれ言うより、すりすりするほうがいい。「もういいよ。わかってくれたんだね。おかあさんも仲直りしたかったんだけど、いつまでもふくれっつらだから、なかなかニッコリできなかったんだ。これからは気をつけようね」といった、さまざまな思いが、すんなり伝わるような気がする。言葉で諭してしまうと、反発しかねない子どもも、すりすりされると、なんだか「すべて水に流しました」というようなサッパリした顔になるから不思議だ。熱がないか、肌が乾燥していないか、そんなことがわかるというオマケも、頬ずりにはある。

あるとき抱っこをしていて「あれ、息子の足がこのまま伸びて地面に着いたら、抱きあってるって感じかも」とふと思った。こちらが一方的に抱いてやっているつもりだったが、実は抱きあっているというのが、本当のところかもしれない。

おさなごがビールの缶を抱きしめて
ぷはっと笑う　それは私か

息子が小さいころ、よくビールの缶を使って遊んでやった。ちょっと不謹慎なオモチャのようだが、キラキラ光ってきれいだし、ほどよい重みがあって、ごろごろ転がすのもおもしろい。積み木みたいに重ねてやっても、喜んだ。

ある日、息子がおもむろにビールの缶を抱きかかえ、飲むような仕草をし、「ぷは～っ」とやった。まさしくそれは、私の真似だろう。よく見ているなあ、そして何でも真似されるんだなあ、と感じた最初の経験だった。

子どもは、親の言う通りにはしない、親のする通りにする……とはよく言われることだ。たまに子育てのインタビューを受けて、「本を読む子どもにさせるには、どうしたらいいでしょう」といった質問を受ける。

「それは、まず親が読まないと。親がテレビばかり見ていて、子どもには本を読めと言っても、説得力がないでしょう」と私は（ちょっと偉そうに）胸をはる。実際、私自身が本好きな子どもになったのは、親が圧倒的な本好きだったからだ。

父も母も、暇さえあれば文字を追いかけていた。特に母は、もう活字中毒の域に達していて、何かの都合で新聞が来なかったりすると、ものすごく機嫌が悪くなる。雪の日に配達が遅れたときなど、隣の家の〇〇新聞はもう来ているのに～と怒って、販売店に電話をかけたりしていた。

「大人はいいなあ。毎日、読むものが届けられるなんて。私も早く、新聞を読めるようになりたい！」と、子どもの頃はずっと思っていた。

このように「本」に関しては、堂々と答えられる私だが、話題が「おかたづけ」とか「運動」になると、とたんにあやしくなる。「足の踏み場があればいい」「ムダな体力は使わない」が座右の銘（？）なのだから、情けない。

立ったまま雑誌読みいる私《わたくし》を子が見上げおりいつからそこに

あきらかに私の影響だと思うが、息子は本が大好きで、そしておかたづけが得意ではない。出したら出しっぱなし、が基本の毎日だ。何度言っても片づけようとしないので、さすがの私も怒鳴ってしまったことがある。

「こんなに散らかして、どうするの！　誰が片づけると思ってんの！」

「……ばあばでしょ」

確かに。鋭い反論に、うなだれるばかりであった。まさに親の言う通りにはしない、親のする通りにする、の例である。ちなみに私の母は、とてもきれい好きで、いつも散らかった我が家を、てきぱきと片づけてくれる。

「本好きは似たのに、どうしてきれい好きは似なかったんだろうなあ」と、いつか母にも言ったことがある。

「あら、私は普通よ。あなたがひどすぎるだけ。きれい好きとか片づけ上手っていうのは、フサヨおばさんみたいな人のことを言うの」

フサヨおばさん！　ぞうきんを手にした姿がまず思い浮かぶ伯母だ。たとえば親戚の集まりの時、明日もう一度使うお客用の食器でも、全部紙にくるんで片づける人だ。その娘たち（つまり私のいとこ）は、やはり幼い頃から片づけ上手だった。人生ゲームが終わると、お金は種類別に、コマは色別に、仕分けていく姉妹だった。全部一緒くたにして、箱の中にぶちこんだ私は、「まちちゃん、なにやっとん！」と驚かれたっけ。

つまり、極端なほど親が手本を見せないと、子どもには伝わらないということなのかもしれない。

この理論でいくと、ぷはっと笑顔を真似された私は、極端なほど嬉しそうにビールを飲んでいることになる……。そういえばこの前「花より団子」ということわざを教えてやったら「おかあさんは、ジュースよりビールだね」と言われてしまった。いや、それは、ちょっと意味が違うのだけれど。

みどりごと散歩をすれば
人が木が光が話しかけてくるなり

子どもが生まれるまで、そもそも散歩というものをする習慣がなかった。二十代、三十代のころは仕事が忙しく、「さしたる目的もなく、のんびり近所を歩く」などと

いう余裕は皆無だった。年に数回は海外（それも、インドとかヨーロッパとかアメリカとか、かなり遠くのほう）に出かけていたから、行動範囲は、めっぽう広かったのだけれど。

その生活が一変した。子どもを抱えての行動範囲は、まことにささやかなものだ。遠くへは行けないが、そのぶん散歩の時間がずいぶん増えた。

犬を連れた人や、ベビーカーを押している人はもちろん、同じように散歩を楽しんでいる人たちからも、ずいぶん話しかけられた。

「何歳ぐらいかしら?」

「ようやく暖かくなってきましたね」

「この子、犬好きだわ〜」

不思議なもので、子どもがそこにいるだけで、見知らぬ人と話すことが、ごく自然なこととなる。

近所の川に時おりクラゲが浮くことや、土手にバッタがいることや、「セミの木」と呼ばれる木があることなども、知るようになった。

春先の桜のつぼみ。新緑のころの若芽の勢い。それらは、まさに目に見えるかたちで、一日一日変化している。これは、毎日歩いているからこそ、実感できることだ。散歩の時間って、なんて豊かなんだろうと思った。

子どもにとっては、なにもかもが生まれて初めて目にするものだから、すべてが驚きの連続なのは当然だ。けれど同じように、それらを新鮮に受けとめている自分がいた。

「遠くへ行くことばかりが、旅じゃないな」。子どもが教えてくれた、このさりげなくて、深くて、うれしい気持ちを、大切にしていきたい、と思う。

ぶらんこにうす青き風見ておりぬ
風と呼ばねば見えぬ何かを

ベビーカーから靴、そして三輪車を経て、息子は補助輪つきの自転車に乗るようになった。こうなると、散歩の範囲が、ぐっと広がってくる。
最近お気にいりのコースの一つに、近くの空き地につくられた花壇がある。道路わ

きの小さなスペースなのだが、四季おりおり、さまざまな花が、元気よく咲いている。その間を、花を踏まないよう、花壇の石につまずかないよう、くねくねと走るのが楽しいらしい。

あるとき、一人のご婦人が現れて、長いホースを伸ばしながら水まきを始めた。水道栓を鍵であけるところから、息子は興味津々で見ている。

「ボクも、やってみる？」と話しかけられると、照れて尻込みをするが、視線はずっと釘付《くぎづ》けだ。

「あそこの隅のほうは、私が植えたのよ。夏になったら、またすごくきれいに咲くから、見に来てね〜」

聞けば、町内会のボランティアで、この花壇は維持されているのだそうだ。

「知りませんでした。いつも、楽しませてもらうばかりで」

「ホラ、そこはハーブが、いっぱいあるの。根を残してくれれば、新芽は摘んでっていいわよ」

足もとを見ると、パセリやミントが群れている。ミントの葉を、そっとちぎって、息子に嗅《か》がせてやった。

「ガムのにおいだ！」

正確には、ガムのほうが、ミントの匂いなのだが、まあ細かいことはいいだろう。新鮮なミントは、私の指先で、いつまでも匂っていた。

パセリのほうは、少し多めにもらって、帰ってから天ぷらにしていただいた。ひとくち食べると、息子はほろ苦さに顔をしかめる。もともとパセリは苦手なのだ。それでも口に入れようと思ったのは、あの花壇からもらったものだったからだろう。

はじめての波はじめての白い砂
はじめての風はじめての海

息子が初めて海を見たのは、二歳のときだった。七月はじめの午後。仙台からほど近い海辺。あいにく天気はそれほどよくない。どどーん、ざぶーん、という大きな波の音に、泣きだすのではないかと心配した。が、それはまったくの杞憂《きゆう》で、海を見るなり大喜びで走りだし、あっというまに裸足《はだし》になり、そのまま入っていきそうな勢いだ。

さすがに危ないので、親戚のおじ

さんが肩車をしてくれた。息子は、波に手を伸ばし、海水をぺろぺろ舐め「しょっぱ～い！　しょっぱいよ！」と言っては、ゲラゲラ笑っている。「この坊主は、ちっとも怖がらないなあ」と、おじさんも呆《あき》れるぐらいのはしゃぎようだ。手をつないで、波と鬼ごっこをするように走る遊びも、飽きることなく続けていた。

どうやら海と相性のよさそうな息子を見て、私も嬉しくなる。山派か海派かと聞かれれば、だんぜん海派だ。これからは息子と一緒に海を楽しめるのだなあと思うと、わくわくした。

ちなみに、運動嫌いの私は、「海を楽しむ」といっても「眺めて楽しむ」のが主だ。海を見ていると、気持ちが落ちつく。さわやかに晴れた海もいいが、荒々しい冬の日本海のような、厳しい表情の海も大好きだ。

今日までに私がついた嘘なんてどうでもいいよというような海

海には、包容力がある。ちっぽけな自分の悩みなんて、吹き飛ばしてくれるような豊かさがある。「海」という漢字のなかに「母」という字を見つけたのは、詩人の三《み》好達治《よしたつじ》だった。いっぽうフランス語では、母は mère、海は mer という。

海よ、僕らの使ふ文字では、
お前の中に母がゐる。
そして母よ、仏蘭西人の言葉では、
あなたの中に海がある。

（三好達治「郷愁」より）

ぼくの見た海は青くなかったと折り紙の青持ちて言うなり

三好達治の詩に出会ったのは、高校生のころ。その時は「ふーん、うまいこと言うなあ。こういうのは、見つけたもん勝ちやなあ」というぐらいの感想だった。が、自分が実際に母親になってみると、なんと深い発見かと思う。海の持つ、あの包容力を、洋の東西を問わず、人は昔から母親のイメージに重ねてきたのだ。そして、

できれば自分も、海のような存在に近づけたらと思う。

舟になろういや波になろう海になろう腕にこの子を揺らし眠らし

はじめての海から帰ってきて、しばらくしたころ、息子が鮮やかなブルーの折り紙を見て言った。

「おかあさん、うみ、こんないろじゃなかったね」

確かに。天気が悪かったこともあり、あの日の海は、どちらかというとグレーに近い感じだった。だが、息子の持っている絵本には、どれもどれも真っ青な海が描かれている。

「こういう青い海もあるし、このまえ見たような色の海もあるんだよ。同じ海でも、お天気や季節や時間によっても、色が変わるしね。おひさまが沈む時なんか、金色になっちゃうこともあるよ」

「ええっ、ほんと？　みたいみたい！」

「でも、しょっぱいっていうのは、ご本に書いてあるとおりだったでしょ」

「うん！　……でも、貝は落ちてなかった」

確かに。砂浜を歩いてみたものの、図鑑のようには貝殻は落ちていなかった。そのことも、小さな心には、ひっかかっていたらしい。

その後、息子とはサイパンや沖縄に行き、まさに折り紙のように青い海と、図鑑のように貝殻の落ちている浜辺を、楽しむことができた。が、最初の海がそうでなかったのは、むしろよかったかもしれない、と思う。なにもかもが本に書いてあるとおりじゃない、ということを知るのも、案外大事なことだろうから。

外遊び終えたズボンを洗うとき
立ちのぼりくる落葉の匂い

息子のズボンを洗うとき、まずしなくてはならないのが、ポケットの点検だ。うっかりして、石ころや葉っぱや虫を、洗濯(?)してしまったことが何度もある。
男の子のポケットというのは、ほんとうにおもしろい。なんでこんなものを、後生大事に持ち帰ってくるのか……という類《たぐい》のものが、必ずといっていいほど入っている。

「おかあさんに、おみやげ！　ごつばだよ」と、よれよれになった（どう見ても三つ葉の）クローバーを取りだしてくれたりすると、ちょっと嬉しいけれど。おみやげは時に、得体のしれないプラスチックの破片だったり、グチャグチャになったふりかけの袋だったり、蝶《ちょう》の羽らしきものだったり。

汚いものや危ないものに、思わず顔をしかめることもあるけれど、誇らしげに出されると、受け取らざるをえない。

「どこで、ひろったの？」

「ようちえんのね、おすなばのところ」

「おすなばに、これが埋まってたの？」

「そうじゃなくて、あんちゃんが、こっちおいでっていって、おみずじゃーってして、おもしろかった」

「ん？　おみずじゃーしたら、これが出てきたの？」

「そうじゃなくて、これは、なおとくんにもらった」

まだ断片的にしか話せないことも多く、話があっちこっちに飛んでしまうのだが、それがかえって、こちらの想像力を刺激する。二十四時間一緒だったころと違って、自分のいないところで、いったいどんな経験をしているのだろうか。パズルのピースをつなげるように思い描いてみるのだが、全体像はおぼろなままだ。

それは不安でもあるし、頼もしいことでもある。幼稚園に行きはじめたころなどは、真剣に「透明人間になって、一日はりついていたい！」と思ったものだ。でもたぶん、親から離れて過ごす時間こそが、子どもを成長させるのだろう。子どものポケットを点検しつつ、あれこれ想像しながら、つい知りたがってしまう自分に言いきかせている。

夢の中で夢の水などこぼしたか「あーあ」と言って寝返りをうつ

そういえば以前、ポケットの出てくる短歌を探していたら、男性歌人の作品ばかりになってしまった。

ときをりは指さし入れてたしかめる俺のポケットの中の青空（山田富士郎）

少年が半ズボンから取り出せるキャラメル何かの種子かもしれず（田中章義）

ふかづめの手をポケットにづんといれみづのしたたるやうなゆふぐれ（村木道彦）

男の子のポケットというのは、女の子以上に特別なものなのかもしれない。そこには、母親の知らない、小さな自分なりの宇宙が隠されているようだ。たぶん歌人の彼らも、少年時代に、さまざまなものをポケットに詰め込んでいたのだろう。何が入っているかを見ることはできるけれど、ポケットの中に広がる宇宙は、のぞくことはできない。

のぞくことができないといえば、夢もまたその一つだ。息子は、わりとよく寝言を言う。

「あーあ」ぐらいならいいのだが、「もう、やめて」とか「ぜってーに、やっつけてやる」とか、物騒なことを言われると、気になるものだ。時には、さめざめと泣くこともあるし、ぐふぐふ笑うこともある。にぎやかに眠る子どもだ。

あるとき「おかあさんがでてきた」と言われたので、それは聞きたい、夢の中でお母さんはどんな存在なの？　とばかり、しつこく尋ねてしまった。すると、不思議そうに一言。

「だって、もうしってるでしょ」

「知らないよ」

「おかあさん、じぶんもでてたでしょ！　わすれちゃったの？」

「……」

登場人物として、夢を鑑賞……ちょっと試してみたい気もするが、いやいややはり、夢もまたポケットの一つなのだろう。知らぬが花、と思いなおした。

園バスに流行りの言葉満ちる秋「おっぱっぴー」と子が降りてくる

「おっぱっぴー」の短歌は、去年の秋に作った。集団生活をしていると、言葉の流行にも敏感になるようだ。テレビで見たこともないのに、息子は、着がえでパンツ一丁になると必ず「そんなの関係ねぇ!」と叫んでいた。たぶん年長のお兄さんの真似な

のだろう。

春、まだ幼稚園に入りたてのころは「流行語」ということ自体が、よくわかっていなかった。「きょうも、おにいちゃんに、おーべーか（欧米か）って、あたまたたかれた」と不満そうに話すだけ。それが、ほんの半年後には、得意げに「おっぱっぴー」となるのだから、子どもの吸収力というのは、大したものだ。もちろん、今年の秋は、親指を立てて「グ〜ッ！」とやっている。

先頃、ある雑誌の子育て悩み相談のようなコーナーで、こんな質問を受けた（もちろん今の私は、相談を受けるよりも、したい側なのだが、言葉に関する話題限定ということでお受けした）。

「子どもが、下品な流行語を使うので困っています。どうしたらやめさせられるでしょうか」

上品な言葉遣いを身につけてもらいたい、という親心は、よくわかる。が、この場合は、言葉というものに敏感に反応して、楽しんでいるのだ、と考えられないだろうか。子どものその成長ぶりを、むしろ頼もしく思って、見守ってやりましょうよ——と私は回答した。

下品な言葉を好むのは、まさにそれが下品だとわかるからこそで、裏返せば、上品な言葉を理解し、使う能力を、実はその子は持っている（ただし、今のところは使わない）。流行語を楽しむのも、他の言葉にはない「旬」な感じをキャッチする力がついてきた証《あかし》だ。そう思えば、それほど眉をひそめることは、ないのではなかろうか。

流行語大賞の選考委員をつとめている母としては、子どもが口にするようになると「お、この流行語、ついにここまできたか」と感慨深く思ったりもする。

子の声で神の言葉を聞く夕べ「すべてのことに感謝しなさい」

息子の通う幼稚園はキリスト教系で、聖ドミニコの名前を冠している。園で聖ドミニコの話を聞いてきたというので、何気なくこう言った。
「幼稚園はね、その聖ドミニコさんから、名前をもらったのよ」

すると息子は、心底驚いた顔をした。

「えっ!?　じゃあ、ドミニコさんは、何ていう名前になったの?」「だから、ドミニコさんはドミニコさんだってば」「でも、お名前を、あげちゃったんでしょ」

もらってしまったからには、あげたほうは無くなる——と考えているらしい。確かに、チョコレートとかおもちゃとかは、そうだけど。名前は別に、減るものではない。

子どもってカワイイことを言うなあ、と思っていたら、先日、このことを言語学的に理解する機会に恵まれた。金田一秀穂《きんだいちひでほ》先生が講演の中で「人間は、物理的にとらえにくい概念をメタファーで表現する」というお話をされた。たとえば時間が流れるというのは、水のメタファーだ。息が切れるだって、実際に何かが切れるわけではない。話が飛ぶのも、そう。みなメタファーを使っての表現だ。

同じように名前を「もらう」というのも、抽象的な概念を比喩《ひゆ》的に表しているわけで、子どもには、そこがまだ理解しづらいのだろう。

そういえば、これまでにもあった。「ああ、もう余裕がない」と言えば、何がなくなったんだろうとキョロキョロする息子。「有効期限、切れてるよ」と言えば、カードのどこが切れているのか訝《いぶか》しがる息子。「話がはやいねえ」と言えば「えっ、話が走るの?」ときょとんとする息子。みんなメタファーに躓《つまず》いていたわけである。

大人になってしまうと、当たり前すぎて、どの表現がメタファーなのか意識することすらない。そう思うと、いちいち躓いてしまう子どもというのは、実に的確にメタファーを識別しているとも言えるではないか……とまで思うのは、親バカだろうか。

4章

いつもそのときが

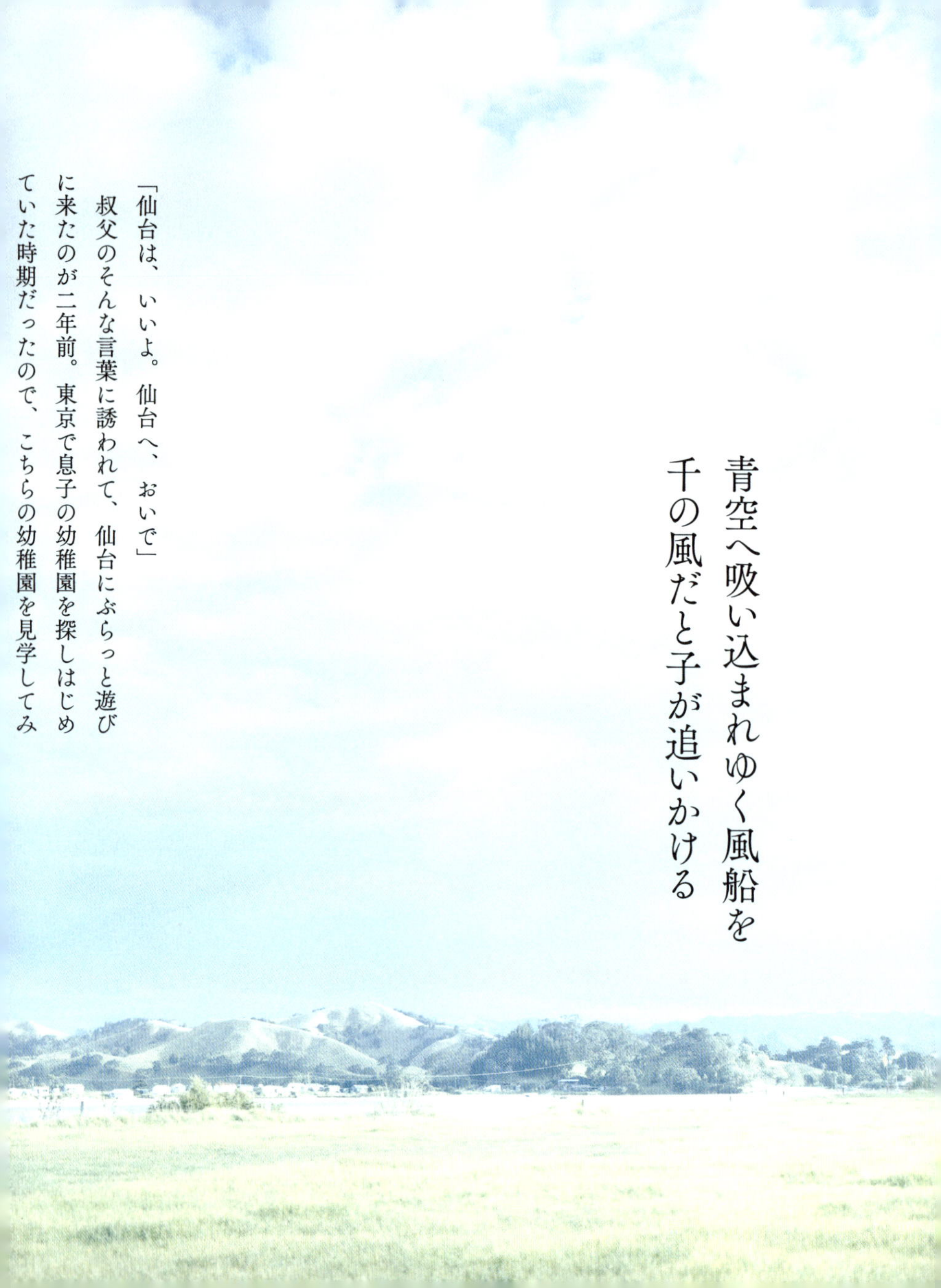

青空へ吸い込まれゆく風船を
千の風だと子が追いかける

「仙台は、いいよ。仙台へ、おいで」

叔父のそんな言葉に誘われて、仙台にぶらっと遊びに来たのが二年前。東京で息子の幼稚園を探しはじめていた時期だったので、こちらの幼稚園を見学してみるのもいいかな、というような軽い気持ちだった。

土の園庭、縦割りクラス、モンテッソーリ教育……というのが、私の希望だったのだが、最初に仙台で見学した幼稚園が、まさにその三つの条件を満たしていた。先生方の感じもよく、子どもたちものびのびしている。

「なんだ、ここにあったじゃん」

幼稚園のために引っ越し、などというと孟母《もうぼ》のようだが、物書きという仕事は、どこにいてもできる。そのうえ仙台には、叔父をはじめ、叔母やいとこなど、子ども好きで世話好きの親戚がたくさんいる。さらに両親も、老後は仙台で、という希望をかねてから持っていた。それじゃあこの機会に……というように話がトトトンとまとまっていった。子育てで何より必要なのは人手だ！　ということを実感していた時期でもあったので、この計画は、たちまち実行されることになった。

部屋探しも、叔父が手伝ってくれた。私の息子の入園を楽しみに、仙台に来たらあれもしてやろう、これもしてやろうと、叔父の頭のなかでは様々なことが描かれているようだった。私自身が、幼いころから、この叔父にはものすごく可愛がってもらった。シングルで子育てをしている姪《めい》っこを、サポートしてやりたいという気持ちも、ひしひしと伝わってきた。

私は叔父を「おじおじ」と呼び、息子は「おじおじちゃん」と呼ぶ。マンションの契約にも、立ち会ってくれるはずだったおじおじ。ところがその日の朝、急な出血で倒れたという連絡が入った。それから一年あまり、叔父は癌《がん》と闘い、二〇〇七年の十一月に亡くなった。まだ六十五歳。息子は、「おじおじちゃんは、千の風になったの？」と私に聞いた。

いのちとは心が感じるものだから
いつでも会えるあなたに会える

身近な人の死は、息子には初めての経験だ。叔父の死を、どう伝えたらいいのか悩んでいたところへ、息子が自分で答を運んでくれたように感じられた。「千の風になって」は、我が家ではまず父が聴きはじめ、母が共感し、息子も私も歌えるようになっていた。

「そう、そうなんだよ。おじおじちゃんは、千の風になったの。だから、いつでもそばにいて見守ってくれるよ」

結局この説明が、一番理解してもらいやすいなあと、なかばほっとして私は言った。

が、息子の次の言葉に、また窮してしまった。

「ねえ、どれが、おじおじちゃんの風？　どうやったら、わかるの？　お外に行ったら、おかあさんには、わかるの？」

そう言われると、困ってしまう。なんとか息子の素朴な疑問に答えたくて、自分なりに考えた結果が、掲出の短歌だった。

自分の心が、風のなかにおじおじちゃんを感じたら、そのときのその風がきっと、おじおじちゃんの風……だから、心が感じることさえできれば、いつでも会うことができる……。

この一年は、叔父の不在ばかりを感じる日々だった。が、裏返せば、不在を感じるときにこそ、心は叔父に再会しているのだ。


シーツかぶり花嫁ごっこを繰り返す五歳の我の夫はおじおじ

吾とともに部屋を探せし去年の夏、食べていた歩いていた笑っていた

「父の日の参観日には行くから」と言ってくれたじゃないの、おじおじ

「仙台は、いいよ。仙台へ、おいで」

そう言ってくれた叔父はもういないが、呼ばれた私たちは、仙台に住みつづけている。この日々こそが、叔父の残してくれた遺産なのだ、と感じながら。

年末の銀座を行けば
もとはみな赤ちゃんだった人たちの群れ

まったく当たり前のことなのに、普段すっかり忘れていることがある。たとえば「人は誰でも死ぬ」ということ。否定しようのない厳然たる事実だけれど、誰もがそのことを、常に思っているわけではない。むしろ忘れているからこそ、呑気《のんき》に日々を過ご

せるというものだろう。

道ゆく人たちが「もとはみな赤ちゃんだった」という事実。これを私は、忘れていたというよりは、ほぼ認識せずに四十年近くを生きていた。そして子どもが生まれて一ヶ月たった頃、久しぶりに出てきた銀座で、急に気づいたのだった。風景が妙に生々しかった。年の瀬で賑《にぎ》わう街が、なにか異様なものとして目の前に迫ってきた。

新生児の世話に明けくれ、ヒトの赤ん坊というのは、なんと手間のかかるものかと、驚くことばかりの毎日を過ごしていた。誰かの手助けがなくては、一日も生きていられないひ弱な存在。それなのにその小さな赤ん坊は、大の大人を右往左往させて澄ましている。「聞いてないよ！」と思うようなことの連続だった。おっぱいを吸わせるのにコツがいるだなんて（哺乳瓶みたいに、ちゅうちゅう吸えばいいのだと思っていた）。こんなにも赤ちゃんを寝かせるのに手間がかかるなんて（眠くなれば勝手に寝るのだと思っていた）。お尻拭きが冷たいと怒って泣くなんて（これは甘やかし？）。

そういう日々の連続から、いきなり銀座に来たものだから、何か異次元の世界にさまよい出たぐらいのインパクトがあった。そしてそのときの私の唯一の感想が「せわしなく歩いているあの人もこの人も、物を売っているあの人も、買っているこの人も、みんなみんな赤ちゃんだったんだなあ」ということだった。それはもう生々しい感触を持った思いとして胸に湧き上がった。

息子が成長した今は、どんな人混みのなかでも、あのときのような感慨は、もう湧いてこない。新生児のお世話中という独特の時間だからこそ、だったのだろう。

親子という言葉見るとき
子ではなく親の側なる自分に気づく

新聞やテレビのニュース、本のタイトルからコマーシャルまで、世の中には「親子」という言葉があふれている。いつごろからだろう。自分を「親」の側として、それらの語を眺めるようになったのは。

子どもを生んだ瞬間に、生物学的には親なのだろうが（いや、身籠《みご》もった時から?）、ごく自然に自分を親と思えるようになったのは、赤ん坊との時間を、ある程度経てからだった。

「もとはみな赤ちゃん」というあの感覚は一時で消えたが、「親の側なる自分」という感覚は、年々強くなっている。

「親子で楽しむ」と見出しにあれば、もちろん両親と私のセットではなく、自分と息子のセットが頭に浮かぶ。

千年紀を迎えた『源氏物語』を再読すれば、紫の上に我が子を託した明石の君の辛さが、半端でなく思われる。子別れの場面では、幼い姫の言動に涙を誘われるが、それはつまり母親の心の痛みの表現だったのだ、と気づかされる。

子が親を殺すというような悲惨な事件の報道に接しても、かつては「親を殺すなんて、どういうことだろう」と思っていたが、今は「子どもに殺されるとは……」という視点で、ニュースを見ていることに気づく。

また、若くして亡くなった人の記事を見るときも、以前は、本人の無念さばかりを思っていた。が、今は、その人の親御さんの気持ちに思いをはせるときに、より多くの涙が流れる。

そういえば、あるとき息子に「おかあさんは、おとな?」と聞かれたことがあった。「うん、おとなだよ」と軽く返事をしたものの、果たして本当に、真の意味で自分は「大人」だと言いきれるのだろうか、と後でじわじわと考えさせられた。子どもが間違いなく「子ども」であるほどには、自分は「大人」ではないような気もする。親である前に大人であること、これ、案外重要かもしれない。

優等生と呼ばれて長き年月を
かっとばしたき一球がくる

小さいころから「優等生」と呼ばれていた。早い話が、学校での成績が、とっても
よかった。

「なに？　いきなり自慢話？」と思わないでください。「優等生」という言葉には、微妙なニュアンスがある。お勉強のできるお利口さんというのに加え、なんとなく大人に媚《こ》びていて、人間的にはおもしろみのないヤツ……といった感じ。大人に媚びず、人間的におもしろい子が大好きだった私は、だから自分が「優等生」と呼ばれるのは、嬉しくなかった。ただ勉強が好きなだけで、なぜその他の部分まで先入観で捉えられてしまうのだろう、と。

　こんなふうに、しゃあしゃあと「ただ勉強が好きなだけ」と言うだけで、すごく珍しい人と思われる。「うそっ、無理してない？」という目でも見られる。

　ちなみに、どれぐらい好きだったかというと、推薦入学で進学先が決まったあとも、受験用の補習授業に出ていた。大学では、登録せずに全出席した講義がいくつもあった。おもしろいと思った講義なら、単位をとった翌年も出席したし、好きな教授を追っかけて他の学部にも聴講に行った。試験前には、ちゃんと登録している人たちにノートを貸してあげたものだった。

「優等生」と呼ばれることへの微妙な抵抗感はあったけれど、今ふりかえってみると、小、中、高、大……と長く続く学校生活のなかで「勉強が好き」と心から思えるタチだったことは、精神衛生上、とてもよかったと思う。好きでもないことを、毎日何時間もさせられるなんて、考えただけでも苦痛だ。

　その長い道のりを、これから歩んでいく息子のことを思うと、ぜひ「勉強が好き」と感じながら過ごしてほしい。イヤイヤではなく、楽しんで、学んでほしい。

　そこでそもそも自分は、どのようにして、こんなにも勉強好きになったのかを、今思い出している。

「く」はワニのお口のかたち
「へ」はヘンなお山のかたち
「し」はしっぽだね

勉強や学校のことを思うとき、今でも鮮やかに耳に蘇るのは、父のつぶやきだ。

「ああ、子どもは、いいなあ。毎日勉強できて。お父さんも、もう一回学校に行きたいよ」

ふざけた口調ではなく、ものすごく真剣に、父がそう言うのを何度も聞いた。心の叫び、というと大げさだが、とにかく本当に自分はうらやましがられている、と子どもも心に思ったものだ。

父は家が貧しくて、上の学校へはやれないと言われながら、親を説き伏せて大学院にまで行った。会社勤めをしながら博士論文を書いているのが、私の最初の記憶にある父の姿だ。

子どもというのは、大人が楽しそうにしているものに興味を持つ。おいしそうに食べていれば、それを食べてみたいと思うし、熱心に読んでいれば、それを読んでみたいと思う。

私が勉強好きになったのは、間違いなくこの父のおかげだろう。実際、今まで知らなかったことを知るのは楽しいし、できなかったことができるようになるのは嬉しい。

「テストで百点とるのもいいが、百点じゃなかったら、ラッキーと思え」というのも父の言葉だ。「自分が覚えていなかったこと、自分がまだわからないところを、そのテストが教えてくれたんだから」。

逆に百点だからといって、油断はならない。「自分のできないところが、問題に出なかっただけかもしれない」。それはある意味、不運なことなのである。

そろそろ文字を覚え始めた息子だが、なるべく楽しい感じで、遊びの延長のように教えられたら、と思う。最近よくやるのは「言いにくいことは、お手紙で」ごっこ。がんばって「あまいもの、もいっこください」などと書いてくれれば、もう大目に見て、おやつを出してしまう。

そして、息子が学校に行くようになったら、私も必ず言おう。「いいなあ、子どもは毎日、勉強できて!」と。

人生はそんなに甘くはないけれど「ごめん」「いいよ」のビデオ見せおり

バリ島で、バロンダンスを見たのは十数年前のこと。善を象徴する聖獣バロンと悪を象徴する魔女ランダの戦いが描かれた舞踊だ。

当然のように私は、バロンがランダをやっつけてめでたしめでたし……のような結末を予想していた。が、意外なことに、そうではなかった。わかりやすく言うと「ひきわけ」ということになるだろうか。これからも、善と悪の力は拮抗《きっこう》しつつ、戦いは続く……という終わりかただった。

ちょっと驚いて、「善の勝ちってわけではないんですね」とガイドさんに聞くと「ええ、そうです。だって、世の中って、そういうものでしょう」とのこと。きれいごとではなく、この世界をありのままに表現したダンスは、非常に印象に残った。

子どもを育てるようになって、時々あのダンスのことを思い出す。善はいいこと。悪はわるいこと。そんなのは、誰にでもわかっている。それなのに、悪がなくならないのが、この世の中なのだ。

お友だちと遊ぶようになったころ、定期購読していた雑誌に、幼児向けのビデオが付いていた。砂場や児童館での場面。主人公が「か～し～て」と言うと、お友だちが「い～い～よ」とニッコリ笑って、おもちゃや道具を貸してくれる。

物が欲しいときに、何も言わずにとったりしてはいけない、という学習にはなるだろう。だが私は、子どもと一緒に見ながら、「う～む、世の中、そんなに甘いもんやおまへんで～」と心のなかで思ったものだった。

昔話や、戦隊ヒーローものなどでも、最後はほぼ間違いなく、善が勝つ。これらにしても、幼児向けビデオにしても、意図はもちろんわかる。が、そううまくはわりきれない現実というものを思うとき、ふとあのバロンダンスのことが頭をよぎるのだ。あんなふうに、「引き分け」の話があっても、いいのではないだろうかと。

「テロ」という言葉を
君はいつどこでどんな文脈で知るのだろうか

バロンダンスを私なりに咀嚼《そしゃく》したというと大げさだが、幼い息子とぬいぐるみで遊ぶときには、必ず「悪キャラ」を作ることにしていた。未年生まれなので、いただい

たぬいぐるみは羊が多く、何匹もの「めえめえちゃん」が息子の周りにはいる。ぬいぐるみで遊びたくなると、それらを連れてきて「ねえ、めえめえちゃんの声出して」と私に手渡す。

いつも抱っこして〜と甘えるのが「だっこめえめえちゃん」。泣き虫なのが「えんえんめえめえちゃん」。おりこうなのが「おりこうめえめえちゃん」。この三匹は不動のメンバーだ。で、悪キャラは、だっこめえめえちゃん。常に息子を一人占めしようとして、他の羊が甘えにくると、「あっちへいけ」と言ってたたいたりする。他の羊たちが何かを「か〜し〜て」と言っても「い〜や〜よ」とそっぽを向く。

「だっこめえめえちゃんだけの、お兄ちゃんなんだからね〜」なんて言うのを聞くと、息子はまんざらでもなさそうな顔をしつつ、「ダメだよ、お兄ちゃんは、みんなのお兄ちゃんなんだから」とたしなめたりする。

時には「ねえ、だっこめえめえちゃんが、えんえんめえめえちゃんをたたくの、やって」なんてリクエストがくることもあった。だっこめえめえちゃんが意地悪なことをすると、息子はとんでもなく嬉しそうな顔になった。

教育上よかったのかどうか、よくわからないが、だっこめえめえちゃんのリアルさが、ぬいぐるみごっこを盛り上げていたことは確かだ。自分が注意されるとヘソを曲げる息子も、だっこめえめえちゃんには、ずいぶん注意をしていた。そして、今でも一番好きなぬいぐるみは、だっこめえめえちゃんである。

「悪」なんていうものには、できれば一生出会ってほしくないし、戦争やテロなどという言葉を、リアルに感じることなく生きてくれれば、というのが親の願いだ。けれど、残念ながら世の中は、そんな方向には向かっていない。

さくらさくら
さくら咲き初《そ》め咲き終り
なにもなかったような公園

デンマークの高校生に、短歌の話をしたことがある。学校の教室だったが、きちんと椅子に座ってではなく、生徒たちは思い思いのスタイルだった。床で膝を抱えていたり、机の上にぴょんと腰掛けて足を組んでいたり。それだけで私にはカルチャーシ

ョックだったが、みな熱心に話を聞いてくれて、結果、何の問題もなかった。

古典の短歌は古めかしく見えても、そこに詠まれた心情は、今に通じるものがある……その例として「世の中にたえて桜のなかりせば春の心はのどけからまし（この世に桜というものがなかったなら、春の心はどんなにのどかなことだろう）」という在原業平《ありわらのなりひら》の一首を紹介した。日本人は今でも、桜の季節が近づくとそわそわし、咲いたら咲いたで高揚し、散ればまた気がぬけたようになる。まさに、この花のために、のどかではない春を過ごしている。

だが、彼《か》の地の高校生たちは、ぽかんとしていた。なぜ大の大人が、花ごときにそんなに振り回されるのか、という顔をしている。補足のために「桜前線」のことを話すと、ゲラゲラ笑い出す始末。「花が咲きそうかどうかがニュースになるなんて」というわけだ。

考えてみれば、ずいぶん呑気な話かもしれない。しかし春の私たちは、呑気というよりやはり、桜に心乱されているというのが実感だ。桜の季節が過ぎると、なんだか夢から覚めたような気分になる。

子どもとの時間にも、似たようなことを感じる時がある。いつになったら歩くんだろう、いつになったらしゃべるんだろう。そわそわ待っていた時期から、大喜び大騒ぎの時期がきて、やがては何もなかったように日常に戻ってゆく。成長した姿のほうが、当たり前になるからだ。

小学生になる、中学生になる、そういう節目節目にも、きっと同じような「桜騒動」があるのだろうなと思う。そんな時間を重ねながら、若木だった子どもも、いつしか大木になってゆくのだろう。

逆光に桜花びら流れつつ
感傷のうちにも木は育ちゆく

子育ての「桜騒動」には、嬉しいこと楽しいことばかりではなく、辛いこと大変なことも多い。私はまだ経験していないけれど、子どもの受験などは、その典型かもしれない。

夜中に何度も起こされ、寝不足でへろへろになっていた時期。どうしてもオムツでないと、ウンチができなかった時期。何を言っても「イヤイヤ」ばかりの反抗期……。渦中にいるときは、振り回されるばかりで「いつまでもこの状態が続くのだろうか」と悲観的になってしまう。心に余裕がなくて、先が見えない不安でいっぱいだ。けれど「明けない夜はない」。過ぎてみると「そんなこともあったっけなあ」という感じ。感傷に浸るまもなく、目の前には、さらに成長を続ける子どもがいる。

大変な時期には、つい「あの頃はラクだったなあ」とか「早く大きくなってほしいなあ」とか、過去や未来に目がいきがちだ。けれどそういうとき、必ず思い出される言葉がある。

母親としても歌人としても大先輩の河野裕子《かわのゆうこ》さんと、子どもについて話していたとき、河野さんが、まろやかな微笑《ほほえ》みをたたえつつ、自信に満ちてこう言われた。

「子どもはね、いつも、そのときが一番かわいいの」

赤ちゃんだったあのときも、一年生になったそのときも、もちろんかわいかったけれど、とにかく子どもというのは「いま」が一番かわいいのだという。

「ええっと、じゃあ今も、一番ですか？」と思わず私は聞き返してしまった。河野さんの二人のお子さんは、もう社会人と大学院生だ。

「そうなの！　不思議だけどね、これは真実よ」

いつまでもかわいい、というのとはニュアンスが違う。「いつも、そのときが、一番かわいい」。子どもとの「いま」を心から喜び、大切にしてきた人ならではの実感であり、すばらしい発見だ。息子との時間が、いっそう愛おしいものに見えてくるまじないのような言葉でもある。

ボタンはめようとする子を見守れば
ういあういあと動く我が口

子どもがまだ赤ん坊のころは「してやらねばならないこと」の多さに驚いたものだが、だんだん成長してくると、次第に「してやってはならないこと」が増えてくる。いつまでもしてやっていては、本人に力がつかない。身近な例で言えば「ボタンをはめる」とか、そういうことだ。息子は私に似て、ものすごく手先が不器用で、年長さんになっても、着がえがうまくできないでいる。

帰りの園バスから降りてくる姿を見ると、吹き出したくなるような格好だ。ワイシャツの襟は内側にたたまれ、カーデガンのボタンは左右がズレ、ズボンからはシャツがはみ出し、靴下はかかとが合っていない……。朝は私が手直ししてやれるが、幼稚園で体操服から制服に着替えたりすると、こういうありさまになる。先生は、あえて手伝わないようにされているようだ。

こちらが手だしをして、ちゃっちゃとしてしまえば、一瞬でボタンははめられる。そのほうがストレスもたまらない。が、助けてしまっては、子どものためにならない。

食事のときもそうで、こちらが油断をすると、すぐに甘えて「食べさせて～ん」と、可愛い声で懇願してくる。私だって辛いのよ、ということを教えてやろうと思って、いつだったか、箸を持った右手を子どものほうへ近づけつつ、バシっとそれを左手で制し「こらっ、この右手がダメなんだ！　やめなさい、右手！」と叫び、右手対左手の戦いをくりひろげて見せてやったことがあった。

左手をふりきって、ぐぐーっと伸びようとする右手。負けじと力を振り絞る左手。「おまえが食べさせるから、いつまでも一人でできないんだよ！」「だって、食べさせてあげると嬉しそうなんだもん」「それが、ダメだって言ってるんだー」

結構盛り上がってやっていたのだが、息子にはあまり伝わらなかったようで、母の一人芝居をきょとんと見ていた。

「おかあさん、それ、げき？」と不思議そうな一言だけが、帰ってきた。

振り向かぬ子を見送れり振り向いた時に振る手を用意しながら

そういえばこの頃、園バスに乗るとき、振り向かなくなったなあと思う。はじめの頃は、半ベソかいていた。だんだん慣れても、ずっとずっとこちらを見ているので、手を振りつづけて見送っていた。そのうち「バスと一緒に走って！」という仕草をす

るので、毎朝バスを追いかけて見えなくなるまで走っていた。窓側にいる他の園児たちも、みんな嬉しそうに、「走る俵くんのおかあさん」を見ていた。

が、あるとき「あれ、はずかしいから、もうやめて」と言われて、びっくり。

「えっ!? はずかしいの?」

「みんな、わらってるよ」

「だって、あなたが走れって合図したんじゃない」

「はじめは、そうだったけど……やりすぎ…」

どうも、関西人の母のサービスは、過剰すぎるらしい。

今では振り向かず、さっさと園バスに乗り込む息子だが、バスが見えなくなるまで見送ることはやめられない。ある日、ある時、ふっと息子がこちらを向いたとき、さっと手を振ってやりたい、と思うから。振り向いたとき、母親がマンションに入ってゆく背中が見えたら、寂しいだろうな、と思うから。

ボタンはめや食事に手だしをしない、けれど一方で、いつ振り向いてもいいように見守る……幼稚園ママとしてのこういう日常は、やがて来る思春期の予行演習なのかもしれない、とふと思ったりもする。

今は、目に見える物理的なことがほとんどだが、これに心の問題、精神的なことが加わってくる。親が解決してしまえば簡単なことでも、子ども自身の力で解決しなくては、本人のためにならないだろう。

たくましくなったように見えて、いつなんどき振り返るかもしれない。その時には、ちゃんといるよ〜、ここにいるよ〜、と手を振ってやれる場所にいてやりたい、と思う。

靴を履く日など来るかと思いいしに
今日卒業すファーストシューズ

出産のお祝いに、淡いブルーのベビーシューズをいただいた。形が、あまりにも愛らしいので、今も部屋に飾っている。いただいた時には、「靴かあ……靴を履く日なんて、来るのかなあ」という印象だった。しかも、この小さい靴が、けっこう大きく見えたのだから、赤ちゃんって本当に小さかったのだなと思う。今では、半年に一度「ええっ、もう履けなくなっちゃったの〜」と焦って買い替えなくてはならないところまで、成長した。

そして最近、一番しみじみと成長を感じるのは、息子と二人、並んで寝転んで、それぞれが本を読んでいるときだ。数年前には、こんな時間が訪れるなんて、夢にも思わなかった。

お互いがハードカバーの本のときもあるし、息子は漫画、私は週刊誌ということもある。

ひざの上に子を眠らせて短編を一つ読み切る今日のしあわせ

息子が乳児のころに作った一首だ。育児のあいまに本を読むのは、至難の業だった。それでも時間を盗むようにして、何かを読もうとしていた。そんな母を見ながら育ったせいだろう。息子もまた、五歳にして、立派な活字中毒の予備軍だ。

ごはんの時にまで、本を読みたがるので、それだけはダメだと諭すのだが「読むものがないと落ちつかない」などと言う。

「ごはんの時には、おなかのほうに血が集まるの。本を読むときには、あたまのほうに血が集まるの。食べながら読んでいると、どっちに行っていいかわからなくなって、体のなかで血が困るよ〜」と、優しく理屈で攻めてみるのだが、少しお腹が満ちてくると、本の続きを読もうとする。

おかげで私のほうも、ビール片手に肴《さかな》をつまみながら雑誌を読む……という至福の時間を、制限せざるをえない今日このごろだ。

子の問いに答えられない我がいて天気予報の仙台は晴れ

目下、新聞に対しても、息子は興味津々だ。私が読んでいると、のぞきこんでは「あっ、漫画がある、読んで読んで」とか「(政治家の写真などを見て)なんで握手してるの」とか「(少し読めるようになった漢字を指さして)やま！　とうきょう！　ひと！」

などと割り込んでくる。

「足利事件　菅家さん釈放」という一面の記事を見たときには「このおじちゃん、うれしそうだね」と菅家さんの笑顔の写真に、息子は見入っていた。なかなか説明しづらいが、かみくだきかみくだき、間違った鑑定と間違った取り調べで、この人は無実の罪をきせられ、それがようやく間違いだったと認められたのだということを、話してやった。

「ちょうど、今のおかあさんぐらいのときに逮捕されて、もう六十二歳だって。ひどい話だよねえ」

「はなしじゃないでしょ。ほんとうのことでしょ」

新聞には、「おはなし」ではなく「ほんとうのこと」が書かれているらしい、ということを息子なりに理解しているようだ。

「じゃあ、こんどは、まちがった人がたいほされるの？」

「ええーっと、逮捕はされないいんじゃないかなあ。でも、ごめんなさいってあやまらなくちゃね」

「ごめんですんだら、けいさつぃらん！」

「いや、その警察なんだけどね、間違ったのは……」

息子の素朴な問いかけに、うまく答えられない自分がいた。それは情けないことだが、新聞を一緒に読み、話し、考える……そんな時間が、もうそこまで来ているのかと思うと、ちょっと楽しみである。ベビーシューズから、ずいぶんと遠くまで歩いてきたなあと思う。

いつも通り受話器よこせと騒ぐ子よ
落選の報受けいる我に

今から数年前のこと。とある文学賞の候補にノミネートされているという連絡があった。短歌ではなく小説の賞だったので、驚いたし、ノミネートされただけでも光栄なことだと喜んだ。

それだけなら、まだ平常心でいられたかもしれない。が、さらに連絡が入って、選考会はまだだが、あなたが受賞する公算が大きいので、事前に写真を貸してほしいと言う。そして選考会当日はどこにいるか、会見は無理だとしても電話での取材なら応じられるか、取材は新聞社以外でも可能かなど、ことこまかに尋ねられた。

今思えば、選考会後の発表をスムーズにするため、候補者全員にそうしていたのかもしれない。あるいは、私のような小説の初心者が受賞すると注目されるから、対応を事前に考えて（考えすぎて？）のことだったのかもしれない。まあ、冷静に考えれば、選考会が行われてもいないのに「受賞の公算が大きい」なんて、誰にもわからないことだ。が、選考委員のかたがたと直《じか》に接している主催者がここまで言うのだから、それはそれなりの理由があってのことではなかろうか、などとおめでたい私は思ってしまった。

そして、選考会当日。予告されていた時間に、電話が鳴った。が、内容は予告とは違い「残念ながら落選しました」というものだった。

そのころ、電話で話すのが大好きだった息子が、目を輝かせて近づいてくる。

「か〜し〜て！」

ダメダメという仕草で伝えるが、電話の相手は、おばあちゃんだと思っているのだろう。

「ばあばと、お話しする〜」と言って、足元でジタバタしている。長話する場面でもないので、「あ、子どもがちょっと騒いでいますので、すみません」と言って、気まずいその電話を私はそそくさと切った。息子は、電話が切れたことに怒っていたが、なんとなく救われたような気がしたことを覚えている。

落ちこんでいるひまもなく子を風呂に入れおり
どうってことはなかりき

その後、受賞作に決まった作品を知った。「これが候補だったの!?　だったら私が受賞なんて、ありえないじゃん」と、謙遜《けんそん》でも負け惜しみでもなく、心の底から思った。

受賞の弁考えていた恥ずかしさ子のために煮る豆腐ふるえる

正直言って、電話を受けた瞬間はがっかりもしたし、期待してしまった自分が恥ずかしくもあった。これが一人暮らしのころだったら、ヤケ酒飲んでフテ寝というコースだったかもしれない。が、今晩の私には、やることがある。目の前にいる息子に夕飯を食べさせ、風呂に入れ、寝かせなければならない。

いつもの夜と同じように、あわただしい時間が流れる。恒例の絵本を読み終わり、やっと寝かしつけた息子の寝顔を見ていると、先ほどの電話が、ずいぶん遠いことのように感じられた。

育児は待ったなし、とよく言われるが、まさに落ちこむヒマもない「待ったなし」である。そしてそれは、そう悪くないことかも、と思った。

目の前に、どうしようもなく自分を必要としている子どもがいる。嬉しいことがあって舞い上がっていようが、悲しいことがあって落ちこんでいようが、そんなことおかまいなしで、自分を必要としている子どもがいる。

食べさせ、洗い、寝かせ……いのちを育むその一つ一つの確かな手ごたえに比べたら、自分の心の浮き沈みなど、ささやかなことではないか、そんな気がした。

今でも、落ちこんだり傷ついたりすることがないわけではないが、子どもと一緒に湯船につかっていると、まあ大抵のことは、「長い人生、そんなこともあるわいな～」というぐらいの気分になる。子どもを育て、支えている気でいるが、子どもに育てられ（母は、ずいぶん強くなりました）、支えられてもいるなあと感じるのは、そういう時だ。

あとがき

まもなく小学生になる息子が「おかあさんは、今でも幼稚園のときのお友だちと会うこと、ある？」と聞いてきた。私は大阪で生まれ、中学生のときに福井へ引っ越し、大学生になって以降は長く東京に暮らし、今は仙台に住んでいる。大阪の幼稚園で一緒だった友だちとはもう、年賀状のやりとりさえしていない。まったく会っていないことを告げると、息子はかなり寂しそうな顔をした。今は毎日のように遊んでいる友だちなのに、ゆくゆくはそういうふうになってしまうのか……と思ったのだろう。

「もしかしたら、幼稚園のお友だちとは、だんだん会わなくなるかもしれないけど、お友だちだったことは消えないんだよ。お別れするのが寂しいような、いいお友だちに会えて、よかったね。会えたことの積み重ねの上に、今の自分も、これからの自分もいるんだよ」。

そんなことを、ゆっくり話してやると、息子は涙をぽろぽろこぼしていた。はじまったばかりの人生で、これが初めての、意識する「別れ」なのだなあと思う。

この涙を、彼はいつか思い出すことがあるだろうか。あるかもしれないし、ないかもしれない。どちらかはわからないけれど、おかあさんは、忘れないよ。

そしておかあさんは言葉の国の人だから、こうして書き留めておくよ……。

本書の一篇一篇も、そんな気持ちで書きつづけてきた。雑誌「エデュー」には今も連載中だが、二〇〇七年四月号から二〇〇九年九月号に掲載されたものが、このたび一冊にまとまることになった。

仲良しのママ友が、「エデュー」を定期購読していて、着替えがまるできていない息子の様子を書いたときなど「そうそうそうって、思わず笑っちゃった」というような感想をくれる。子育ての日々のなかで、心のシャッターを切るように書いてきたので、リアルであることは間違いないようだ。

これからも試行錯誤しながら、「たんぽぽの日々」を味わっていきたいな、と思う。

二〇一〇年　春　　　　　　　　　　　　　　　俵　万智

俵万智　歌人

一九六二年生まれ。早稲田大学卒業後、神奈川県立高校の国語教諭となり、
一九八九年まで勤める。
一九八七年に第一歌集『サラダ記念日』を出版、新しい感覚が共感を呼び、
大ベストセラーになる。
主な歌集は、『かぜのてのひら』『チョコレート革命』『オレがマリオ』など。
『プーさんの鼻』で第十一回若山牧水賞受賞。
歌集『未来のサイズ』（角川書店）で、第三十六回詩歌文学館賞（短歌部門）
と第五十五回迢空賞を受賞。
現代短歌の魅力を伝え、すそ野を広げた創作活動の功績により、二〇二一年
度朝日賞（朝日新聞文化財団主催）を受賞。

市橋織江　写真家

一九七八年生まれ。二年半のスタジオ勤務のあと、
カメラマンアシスタントを経て、
二〇〇一年独立。数々の広告や、アーティスト写真を手がける人気写真家。
二〇〇九年三月に映画『ホノカアボーイ』で初の映像撮影に挑戦、
初の写真集『Ｇｉｆｔ』を刊行と、若手写真家の中では群を抜いて活躍。
今後の活躍をもっとも期待できる写真家のひとり。

装丁・デザイン　阿部美樹子（気戸）
プリンティング・ディレクト　高柳昇（東京印書館）
校正　吉田悦子
編集協力　瀧沢裕子（小学館クリエイティブ）
協力　吉原佐紀子

俵万智の子育て歌集
たんぽぽの日々

二〇一〇年三月二三日　初版第一刷発行
二〇二三年六月　六　日　第七刷発行

著者　俵万智
写真　市橋織江
発行人　杉本　隆
発行所　株式会社小学館
〒101-8001　東京都千代田区一ツ橋2-3-1
編集　03-3230-9349
販売　03-5281-3555
印刷所　株式会社東京印書館
製本所　株式会社若林製本工場

ISBN 978-4-09-388114-2